社会時評集

複　眼　流

SAKIGAKE

西木 正明

目次

複眼流

日本人の底力

日本人として生まれ育った以上、地震や津波、台風などの自然災害の恐ろしさは、これまでも十二分といっていいほど体験してきたはずである。いっぽうで日本の自然は、世界でも希《まれ》なほどの華やかさと優しさに満ちている。ゆえに筆者などは、時にそれが牙を剥《む》いてわたしたちに仇《あだ》をなすことがあっても、それはわれわれ日本人の人生あるいは運命の一部であり、これまた世界でも希にみる穏やかな時間の流れの中での、薬味のようなものだと思ったりしてきた。

3月11日午後発生した未曽有の大災害は、そんな観念的で情緒的なものの見方を完膚なきまでに叩《たた》きのめしてくれた。連日連夜、被災地の模様をリアルタイムで報ずるテレビ画面を前にして、あたかも暗黒の真空に放り出されたような気分を味わっている。

長かった東北の冬がようやく終わり、早春の淡い日差しが雲間から漏れる早春の昼下がり。ひと仕事終えて網の手入れをしている父さんや母さん。一足先に家に戻って、夕餉《げ》の支度をするために、軽トラで家路を急ぐ若い息子夫婦。

彼らが迎えにきてくれるのを心待ちにしている保育園や幼稚園の子供たち。午後の授業がようやく終わり、部活に励む小中学校や高校の生徒たち。彼らの帰宅を楽しみに待ちつつ、午後のお茶を楽しんでいる、じっちゃやばっちゃの皺《しわ》深い笑顔。

大自然の猛威は、そんな人々のささやかな喜びや楽しみを、一瞬のうちに奪い去った。かろうじて生き残った人々は、絶望にうちひしがれつつも、毛筋ほどの可能性を求めて瓦礫《がれき》や汚泥の中をさまよい、大切な人の気配を捜し求め続けている。

今回は、それに原発の損傷という、不気味な恐怖が追い打ちをかけている。いったい日本は、そして日本人は、これからどうなるのだろう。被災者ならずとも、そんな思いにひたっている人々も少なくないと思う。

いっぽう、海外メディアの論調をみると、一部で原発事故の対応などへの批判があるものの、大半は未曽有の惨劇に立ち向かう日本人の規律と忍耐力、それに裏付けられた克己心に対する賛辞と励ましに満ちている。

筆者個人にも、海外の友人知人から、見舞いのメールなどと共に、「国家的危機に際しての日本人の整然とした対応ぶりには、驚嘆かつ感心している」というような趣旨のコメントが寄せられている。

日頃日本および日本人の優柔不断ぶりなどを、きびしく、あるいは皮肉をこめて批判している友人や知人ほど、こうした反応を示しているのだ。ふだんならこの手の褒め言葉すらも、実は皮肉の裏返しだったりするので、当方も負けずに辛口の返信を送るのだが、今回はなぜか涙腺が緩んだ。

思えばおよそ65年余り前、日本は開闢《かいびゃく》以来の国難に見舞われた。軍部や政治の無定見が蒔《ま》いたタネとはいえ、国民の大部分は、これを自分たちの運命ととらえ、戦地や外地から引き揚げてきた人々とも手を携えて、歯を食いしばって復興をめざした。

幸いにしてわたしたちの周囲には、あの時代の修羅場を自ら体験した先人たちがすくなからず存命している。今は彼や彼女の無から有を生み出した知恵を学び、一致協力して国難に立ち向かう時だと思う。

こうした海外からの賛辞と励まし、先人の知恵に恵まれているにもかかわらず、一部には自分だけ良ければいいとしか思えない行動に走る人もいる。食糧や生活必需品の買い占めなどは、その最たるものだ。数日前も被災地出身の知人有志が、自らの故郷に送るべく保存食品の手当てを図ったが、普段なら市場に溢《あふ》れている食品が買い占めで払底していた。

極限の状況にある被災者たちが、本来の日本人の底力を発揮しつつ支援を待っている。わたしたち安全地帯にいる者が、底力を発揮出来ないのは情けないではないか。

（2011・3・17）

ふだんの生活

既に1カ月余りになるというのに、東日本大震災の傷痕は拡大するいっぽうである。悲しみとつらさをけなげにこらえ、互いにささえあって明日をめざす被災地の方々がいる。わが身の危険を顧みず、不眠不休で原発の被害拡大に取り組んでいる人々もいる。

未曽有の大災害と格闘する日本を背に、3月下旬、筆者は2週間余りの予定で海外に出た。こんな時に国の外に出ることに対する後ろめたさと、自分が今やるべきことは何かを天秤《てんびん》にかけての出立であった。

　行き先はインドシナ3国のひとつ、内陸国のラオスの深奥。ベトナム、中国、タイ、ミャンマーなどと国境を接する、北部の山岳地帯である。海抜1500メートルから2000メートルを超す険しい山中に点在する村で、ひっそりと暮らす山岳民族が今回の取材対象だ。

　北緯17度から19度という熱帯地方とはいえ、朝夕は涼しさを通り越して肌寒いほどだった。とりわけ今年は、過去に例を見ない異常気象だとかで、ベトナム戦争時、ラオス現政権の源流であるパテト・ラオが拠点を置いた、ベトナムとの国境間近にあるサムヌアでは、気温がほぼ零度近くまで下がった。

　霧が渦巻く山中で会ったのは、モン族と呼ばれる少数山岳民族である。モン族はかつてメオ族と呼ばれ、ラオス内戦からベトナム戦争、そして戦後にかけて、ラオスやベトナムで厳しい迫害の対象となった。

　勇猛果敢をもって知られる彼らは、戦時中ラオス王国軍を支えたアメリカCIAの戦略に組み込まれ、パテト・ラオと激闘を繰り返した。ベトナム戦争でアメリカが敗北した後は、およそ30万人ものモン族がアメリカに渡った。今ラオスの山中に引き籠《こ》もって暮らすモン族は、その残党である。

高い山の中なので通常の農業などは出来ない。彼らのおもな収入源は、薬用モルヒネの原料となるケシの栽培だ。電気もまだ通じていない深い山中に彼らを訪ねた時、シワ深い村の古老が最初に発した言葉が、「日本は大丈夫か」であり、取材を終えて別れを告げた時に言われたのは、「早くふだんの生活に戻れたらいいね」であった。

この時はさしたる思いもなく、ただ、

「ありがとう」

と言って山を下った。数時間後、麓に広がるジャール平原の中心地、シェンクワンのホテルで温かいシャワーを浴び、清潔なベッドに倒れこんだ時、突然古老が発した言葉が脳裏によみがえり、粛然たる気持ちになった。

あんな山中にすらも、日本の大災害の惨状が伝わっていたのだ。そして彼らは、目の前に現れた日本人に対し、「早くふだんの生活に戻れたらいいね」と言ってくれた。激烈な戦乱の中を生き延びた彼らにとっては、平穏なふだんの生活こそが、極上のぜいたくであり、無上の幸せなのだ。以後4月上旬、日本に帰着するまでの間ずっと、筆者はふだんの生活、という言葉を心の中で繰り返していた。

そして今。筆者は仕事場の紙ゴミの山の中で、過去1年余りハマっている、ベネズエラ出身の若きマエストロ、グスターボ・ドゥダメルが指揮する、シモン・ボリバール・ユース・オーケストラが奏でる、チャイコフスキーの「交響曲第五番」を聴きながら、この原稿を書いている。
いまだ帰る家がない多くの被災者がおられる中、ふだんの生活に戻れた。その幸せとよろこびを噛《か》みしめつつも、心のどこかに申し訳ないという気持ちが居すわっている。政府は、福島原発の放射能漏れにより、住み慣れた故郷を離れて避難生活を送っている方々の、帰宅出来るまでのおおよそのめやすである、時系列的ロードマップを示した。被災者の方々が、一日も早くふだんの生活に戻ることが出来るよう願いつつ、あらためて、今自分になにが出来るかを考えている。

（2011・4・21）

風評を軽視すべきでない

3月の大震災から、すでに2カ月余りが経過した。被災地の方々のがんばりと忍耐、そして諸外国の援助を含む多くの人々の努力により、被災地はいちおうの落ちつきを取り戻しつつある。

とはいえ、逆に時間の経過とともに、あらたにもちあがった問題も多い。とりわけ福島第1原発の事故に関わる風評は、日本国内のみならず、世界規模に拡散してしまった。

震災直後の海外メディアの報道の中には、われわれ日本人の感覚からすれば、常軌を逸しているといわざるをえないものもあった。それを見た海外の友人が、「おまえ、だいじょうぶか。よかったらこっちへこい。おまえと家族の居場所ぐらいはある」と、電話をかけてきた。それに対して、筆者はことさらふざけた調子で、「冗談いうな。そっちに行って、毎晩君の大酒につきあうぐらいなら、日本で微量の放射線を浴びていたほうが健康にはいい」

と言ってから、あえてその人物の母国が1950年代から60年代にかけて繰り返した、過去の核実験を持ち出して反論した。

「君たちの親の世代が、ビキニ環礁やクリスマス島などで繰り返した水爆実験のことを思い出せ。君の国だけではない。あの時期イギリスはオーストラリアの砂漠で、フランスは南太平洋のムルロア環礁で、旧ソ連は中央アジアや北極圏で、中国はタクラマカン砂漠で繰り返し核実験を行った。おかげで当時の日本の大気中に含まれる放射能の値は、現在よりも高かったんだぞ」

これは事実だが、今にして思うと心配して連絡をくれた友人には、失礼なことを言ったと反省している。それはそれとして、以後も福島第1原発にまつわる風評と、それがもたらすいわゆる風評被害はおさまるきざしが見えない。

たとえば日本政府や生産者の団体が、いくら諸外国の政府や機関相手に、

「基準を超える野菜などは、国内でも出荷、流通を禁止している。まして海外に放射能で汚染された農産物を輸出することなどありえない」

と説明しても、日本から農産物の輸入を禁止したり、厳重な検査を義務づけている国がある。中には家電や自動車の部品など、工業製品に対してすらも、放射能に汚染

していないことを証明せよと、理不尽とも受け取れる要求をつきつけてきた国もあった。

風評や流言飛語の類いは、時に悪魔的な力を発揮する。1923（大正12）年9月1日午前11時58分に発生した関東大震災の折に、まさにそれが起きた。

マグニチュード7・9のこの地震では、主に火災によって甚大な被害が出た。東京を中心とする南関東一円の死者・行方不明者は10万人以上に達し、その大半が火災による焼死者であった。この震災直後から、奇怪な噂《うわさ》が被災地を中心に蔓延《まんえん》した。

災害に乗じて朝鮮人が襲ってくる。それを追いかけるように、朝鮮人を陰で扇動している者がいる。それは〝主義者〟だ、と。

これに乗ずる形で、軍部と警察が、朝鮮人および左翼リストに載っている人々、無政府主義者と見なされている人たちを徹底的に弾圧した。この中で起きたのが、あの大杉栄と伊藤野枝が惨殺された事件である。

もちろん当時と現在では、日本および日本を取り巻く世界の状況はまるで異なる。しかし、インターネットなどを介した匿名の発信者の情報が、一瞬のうちに世界を駆けめぐる現在は、当時とは異次元の風評被害が出る可能性がある。

たとえば、放射能汚染から逃れるために避難した先で、小学生が仲間外れにされる事態など、一見したところは些細《ささい》な出来事であっても、看過すべきではない。放射能というえたいの知れないものへの対応という点では、ある国の理不尽な要求より、さらにたちが悪いともいえるからだ。

（２０１１・５・21）

今こそ旅に出よう

この世の出来事とは思えないあの大震災発生から、早くも１００日が経過した。問題は山積しているものの、被災地をはじめ日本社会全体が、いくぶん落ちつきを取り戻したようにもみえる。いっぽう、肝心の復興作業はようやく緒についたといえる段階にすぎず、福島第1原発をはじめ、現場では依然として時間との競争ともいうべき緊迫した状況が続いている。

なのに今、わたしたちの周囲を見渡すと、非常時の中の弛緩《しかん》ともいうべき不思議な現象が起きているように思う。一種の緊張疲れともいうべきか。

政治の世界で、国難ともいうべき大災害のさなか、本来の役割を放棄して政争を繰り返すカラ騒ぎ状態に、ある種の疲れが見えるのはむしろ朗報といえる。この際政治家の先生方にお願いしたい。カラ騒ぎ疲れを奇貨として、無意味かつ空疎な権力闘争はしばし休戦とし、被災地復興をはじめとする諸懸案の解決に全力を傾けていただきたい。

そんな中で筆者は、三文作家という世間的にはまったく無力である立場を最大限享受して、読書三昧にふけっている。たまたま文学賞の選考に関わっていることもあって、いくつかのすぐれた作品に出会うことができたのはうれしかった。

そして、これもたまたまであるが、本稿を書いている今日（6月17日）は、大宅壮一ノンフィクション賞というノンフィクション系の賞の授賞式。本年度は例年にもまして豊作に恵まれ、選考委員の末席にいる者として、束の間の満足感にひたっている。

今回の受賞作は、角幡唯介《かくはたゆうすけ》氏の「空白の五マイル—チベット、世界最大のツアンポー峡谷に挑む」（集英社）、国分拓《こくぶんひろむ》氏の「ヤノマミ」（NHK出版）の2作。

これまたうれしいことに、ともに筆者が大好きな紀行ノンフィクションというか、紀行文学である。「空白の五マイル」は、秘境チベットの深奥にある謎の峡谷を探るという、紀行文学の極地ともいうべき探検行の記録。

「ヤノマミ」は、南米のアマゾン流域に広がるジャングルの奥で、1万年以上にわたって独自の生活文化を守ってきた少数民族のすみかに入り込み、150日にわたって観察を続けた、いわゆる定点観測ものの傑作。

こうした作品に共通するのは、わたしたちの想像力を極限まで高めてくれ、読む者をして異境とも言うべき非日常の世界に連れて行ってくれる力である。描かれる場所や時代、そして登場人物は異なっても、読者は「奥のほそ道」を歩む芭蕉になり、タクラマカン砂漠で「彷徨《さまよ》える湖」に出会ったスウェン・ヘディンになり、南米からバルサ材の筏《いかだ》「コンティキ号」で海流に乗ってポリネシアをめざしたトール・ヘイエルダールになれるのだ。

今こそ旅に出よう。目的地は被災地だ。

災害発生直後は、よそ者がうろちょろしても迷惑がかかるだけだったろうが、今は違うと思う。

被災地に旅し、駅前の食堂に入って一杯のそば、うどんを所望し、あるいは昼さがりのビールに喉を潤すぐらいは、復興のじゃまにはならないはずだ。さらに地元の鉄道やバスを利用し、けなげに立ち直ろうと頑張っている観光地で、地元の方々の頑張りを垣間見、ちょっとした土産物を購入することが、いくばくかの復興支援になるのであれば、それに越したことはない。

そこで旅人が得られるものは、まだまだ日本、そして日本人はだいじょうぶだ、共に手を携えてがんばろうという一体感。これこそが今の日本、現在のわたしたちが渇望しているものではなかろうか。

だから、今こそ被災地をめざして旅に出ようではないか。そこでなにかを見つけ、束の間の「奥のほそ道」を楽しむ喜びと、得られるものは大きいと思う。

（2011・6・20）

被災地の祈り、犠牲者の魂

7月18日早朝。筆者は疲れた目をしばたき、手に汗を握りながら、テレビ台の前にあるテーブルにかじりついていた。

そしてあの時。画面いっぱいに大映しになっていた、なでしこジャパン4人目のキッカー、熊谷紗希選手の顔が画面から消えた次の瞬間、ゴールのネットにボールが突き刺さっていた。

思わず、おっ、と声が出た。と思う間もなく、手の平《ひら》に握っていたはずの汗が、突然瞼《まぶた》の裏側に回って、どっと吹き出してきた。

なにこれ。驚いて目からあふれる汗をぬぐう。だがそれは、次から次へと吹き出してきて、眼下のテーブルにしたたり落ちる。

突然訪れた制御不能の現象に、ただひたすら驚き、年甲斐《としがい》もなく取り乱したことを恥じた。数分後、ようやく少し落ちつきを取り戻し、あらためてこのザマはなんだと考えた。

サッカーファンの方には申し訳ないが、筆者は格別サッカーが好きなわけではない。10年ほど前までは、ルールすらろくに知らなかった。最低のルールをわきまえたのは、日韓両国で共催された2002ワールドカップで、全国紙からの依頼で観戦記を書かされたことがきっかけだった。

その程度の関心しかなかったのに、突然、なぜこんな反応につながったのだろう。そう考えていたら、勝利の喜びを伝える画面に、なでしこジャパン主将、澤穂希選手の笑顔が登場した。

それを見たとたん、そうか、と思った。あれだ。あの一言が、今しがたの快挙に結びついて、目から汗が吹き出したのだ、と。

澤選手は、なでしこジャパンが予選リーグを勝ち抜いた時、決勝トーナメントを戦うにあたっての心構えをこう述べていた。

「苦しくなったら、被災地の方々のことを思い出してがんばる」

あの時は、ごくあたりまえのコメントにしか思えなかった。しかし、決勝トーナメントの試合を重ねるにしたがって、それが単なる口先だけのものではないことを、彼女たち自身が身をもって証明してくれた。

相手はすべて体躯《たいく》や体力に勝る欧米チーム。どの試合も激闘につぐ激闘で、よくぞここまで、という結果の連続だった。それを見ているうちに、いつの間にか、突然の目から汗という現象につながる気持ちを、胸の奥底にため込んでいったのかも知れない。

物書きという商売柄、やむをえず新聞や雑誌、時にはテレビや講演などの席上、人間社会の森羅万象について話したり書いたりしてきた。とはいえ、小中学校から大学に至るまで、部活はすべて体育会系という経歴からもわかるように、根は単純な人間で、特別な知識や識見などを持ち合わせているわけではない。

なのにあの大震災以降は、災害時における政治のありようについて、あちこちのメディアで、自らの思うところを書いたり話したりしてきた。その内容も単純で、被災地の驚嘆すべき落ちつきぶりや忍耐とは裏腹に、同じ日本人の所業とは思えないような非常時の政局について、嘆いたり怒ったり、懇願したりしてきただけのことだ。

ワールドカップの舞台で起きた出来事は、それとはまるで異次元ともいえるものであった。われわれ現代の日本人が、ともすれば忘れかけていた、あるいは失いかけていた忍耐、連帯、絆、努力、慎み、感謝を大切にするという、単純にして伝統的な価値観。

これらは単なる儀礼やお題目ではなく、生きていく上での大切な知恵なのだ。そのことを再確認させてくれたのが、あの大震災で被災された人々のたたずまいであった。それを受け継ぐかたちで、なでしこジャパンが、ワールドカップの大舞台で、燦然《さんぜん》と輝く形にして、わたしたちの前に提示して見せてくれた。被災地の祈り、犠牲になった方々の魂に押されての、一世一代の離れ業であったと思う。なでしこジャパン、おめでとう。そして、ありがとう。

（2011・7・20）

川下り事故発生の背景

浜松市を流れる天竜川で起きた、観光客を乗せた川下り船転覆事故の波紋が広がっている。事故発生の原因について、識者や専門家、関係官公庁の話などを総合すると、船頭の操船ミスに、客の救命具未着用が重なって、事故を大きくしたということのようだ。

観光川下りに限らず、船遊びでは救命具の着用は基本中の基本である。だから船頭の操船ミスと、救命具の未着用に事故の原因を求める見方自体はその通りだ。

しかし今回の場合、というより、日本の観光川下り全体を通して言えることだが、もっと根本的な問題があるような気がする。

また一つ、自らの道楽者のレッテルを増やすようで気恥ずかしいが、筆者はおよそ40年余りにわたって、アラスカを中心に原始河川を舞台にしての川下りを行ってきた。

この間、大小取り混ぜて数十本の川、回数にして延べ100回前後、日程は最短でも2泊3日で、下る距離はおよそ50~70キロ。長い時は10日前後を費やして、５００キロ以上もの距離を、動力無しのカヌーやラフト（ゴムボート）で下ってきた。

こうしたささやかな経験に照らして今回の事故を見てみると、メディアでほとんど論じられていない側面があるように思う。それは観光川下りに使われている川船の、積載可能重量の問題だ。開けた湖沼、あるいは急流やカーブの少ない大河川での使用とは異なり、複雑なカーブや激流が連続する川を下る場合、積載重量は安全面で決定的ともいえるほど重要な問題をはらむ。

川下りで最も避けねばならぬことの一つに、積み荷の重量オーバーがある。川の流れ自体をエンジンにする川下りでは、あるレベル以上の重量を超えると、とたんに操船が難しくなる。船体が沈み込むことで、オールや櫓《ろ》に対する船の反応が鈍くなるのだ。

流れに乗って川を下って行くと、行く手には無数といってもいいほどのカーブが出現する。カーブを通過するにあたっての鉄則がある。それは、絶対に船を流心に乗せたまま通過を試みてはならないということだ。

必ずカーブの内側に船を寄せて通らねばならない。さもないと船は行く手の対岸に激突してしまう。船に積まれた荷物が重すぎたり、乗っている人数が多すぎたりすると、こうした操作がやりにくくなる。

やむを得ずそのような状態で下る時は、カーブに差しかかる相当前の段階で、通るべきコースをシミュレーションし、船を流心から見てカーブの内側方向に寄せていかねばならない。その船に認められた定員以内しか乗っておらず、湖沼や大河川では安全だったとしても、多くの急流やカーブをクリアしなければならない川下りでは、安全とは言えなくなるのだ。

今回の事故の場合、カーブの内側に渦巻き状の逆流があり、エンジンを用いて通過しようとしたが、間に合わずに対岸の岩に激突、転覆したということのようだ。

長さ10メートル前後の平底の川船に、大人の男女と数人の子供、船頭2人の合わせて23人が乗っていた。平均体重を50キロ前後としても、1千キロすなわち1トン前後の重量になる。

もともと川船に多い平底の船は、V字型の船底を持つ船に比べて復元力がない。そのような船に、1トン前後の重量を乗せてカーブや急流のある川を下る。これまで事故が起きなかったのは僥倖《ぎょうこう》だったとすら言える。

観光川下りという事業でも、採算を重視せねばならないことは理解する。それを考慮に入れても、日本の各地で行われている観光川下りでは、一度に乗せる客の数が多すぎると思う。観光川下りと、東京の墨田川などを行き来する屋形船を同一視してはならない。

不特定多数の客を乗せる観光川下りでは、単に救命胴衣の着用徹底を図るだけでは不十分だ。今回の事故を踏まえて、日々客を乗せている船頭さんなどの意見を踏まえて、川下り船用の積載基準を定めるべきだと考える。

（2011・8・20）

誇りと反省、そして危惧

「3・11」と言い表されるようになったあの大災害から、早くも半年の月日が流れた。その間わたしたちが経験したさまざまな事柄についての総括は、今後の歴史という法廷の審判にゆだねるしかないが、現時点でもある程度見えてきたものがある。

不幸中の幸い、と言い方には語弊があることを承知の上で記すが、あの大災害をきっかけに、日本および日本人に対する世界の見方が大きく変わった。筆者は震災直後の3月中旬以降、数度にわたって海外取材を行ってきたが、その都度それを実感している。

海外の友人や取材で出会った人々に、

「あれ以来日本人を見る目が変わった」

と言われることがたびたびあったのだ。

具体的にはどういうことかと聞き返すと、「これまでも、日本人はきわめて勤勉かつ誠実だと思ってきた。しかし、心の底のどこかで信用し切れない部分がある、というイメージがぬぐい切れなかった。今回の震災にまつわるあれこれを見たり聞いたりして、それが完全に払拭《ふっしょく》された」

という答えが返ってきた。

現在アメリカで、筆者の次作の取材に協力してくれている、ニューヨーク在住のジャーナリストが、その背景を解説してくれた。

「例の真珠湾攻撃直後、時のアメリカ大統領フランクリン・デラノ・ルーズベルトが、ラジオ演説で述べた、トリアチャラス・アタック（だまし討ち）という一言が、ずるい日本人というイメージを欧米社会に定着させた」

戦後経済的に成功しながらも、「ウサギ小屋に住むワーカホリック（仕事中毒）」などという見方をされ、どこか油断のならない存在、という見方をされ続けてきた日本人。今回の被災地で家族や家、親しい友人など、生きる上での支えをすべて失い、絶望のふちに立ちながらも、なお他人を思いやり、互いに助け合って生きようとする日本人の姿を見て、そのイメージが完璧にぬぐい去られた、という。

加えて、ユーチューブなどにアップロードされたTVニュースの映像が、それを後押しした。宮城県気仙沼市立階上中学校の卒業式で、答辞を読んだ梶原裕太君が言葉を詰まらせ、時には号泣しながら述べた、あの言葉。「苦境にあって天を恨まず、運命に耐え、助け合って生きていくことが、これからの私たちの使命です」

ウィ・ウィル・ノット・ブレイム・ザ・ヘブン、リスペクト・デスティニー。

翻訳された英文の字幕スーパーを見て、これが究極の逆境に置かれた15歳の少年の言葉かと、友人のアメリカ人ジャーナリストは絶句し、柄にもなくもらい泣きしたという。

戦後民主主義の産物という言葉でくくられる、現代日本のありようや、それを支えてきた社会規範。いろいろな批判や議論が錯綜《さくそう》する中、試行錯誤を繰り返しつつも、根源的な日本および日本人の本質は、変わらず保たれてきたということなのか。複雑な思いにとらわれながらも、筆者は久方ぶりに、自分が日本という国の末席にいることを、ひそかに誇ったのだった。

半面、個人的には反省もある。過去数年間にわたり、筆者は日本ペンクラブの国際委員会および環境委員会の一員として、内外の作家やジャーナリストたちと環境問題、とりわけ核兵器および原発をどう見なすかについて議論を重ねてきた。

その席上、日本の核武装の可能性については断固否定しつつも、日本の経済や産業の規模を考えれば、原発は必要悪だという認識を貫いてきた。しかし、今回の福島原発の状況を見て、その認識は誤りだったと認めざるをえない。

同時に、事故直後は反省一色だったのに、またぞろ原発推進論が息を吹き返しつつある気配に、ある種の危惧を感じつつある。この点について、これまでのようなあいまいな形ではない、国民的な議論が必要だと思う。

（2011・9・20）

若者決起の行く手

アメリカにはほぼ毎年、最低でも1回は通い続けているのに、なぜか東海岸まではなかなか足が届かない。10月上旬から下旬にかけて、ニューヨーク、ワシントン方面に出向いたのも、ほぼ5年ぶりである。

取材目的の旅なので、街をぶらつく時間はあまりなかったが、ニューヨークで宿泊していたホテルがマンハッタンのど真ん中、タイムズスクエアの近くだったので、夕刻仕事を終えて食事に出る折などは、否応なしに周囲の雰囲気に身をさらすことになった。

何度か近くの路地裏、時には地下鉄で南方数キロのところにあるウォール街方面まで出向いて、気の向くままに徘徊《はいかい》しながら、ふと思った。どこかで見たことのある景色、嗅いだことのある匂いだ、と。

街全体がなんとなく薄汚れて、人々はせかせかと背中を丸めて歩いている。その中で、時折元気のいい声が上がるのは、プラカードを掲げた若者たちがたむろする一画からだ。「目を覚ませ！　アメリカ」などと大書きした看板を抱えた若い男女が、足早に通り過ぎる人々に、チラシのようなものを配っている。中にはギターを抱えて歌う若者もいる。

そうだ、あの時の景色、あの時の匂いだ。すでに半世紀近い時間の壁のかなたでちかちかと点滅している、あの当時の街のたたずまい。ニューヨークで、サンフランシスコで、同じような年代の若者たちが、街角で歌を歌い、チラシを配りながら、人々にベトナム反戦を呼び掛けていた。

違うのは当時の若者たち、とりわけ女性たちが耳に色とりどりの花を刺していたのに、今の若者たちにはそんな余裕がなさそうに見えること。そして彼らの主張が、たとえば就職難だとか、収入の格差是正という、自分たちの身辺の事情に密着していることだろう。

もちろん、中にはリーマン・ショックの原因となったアメリカの資本原理主義、カジノ経済と言われたすさまじいばかりの拝金主義を批判して、国のシステムの変更まで主張している者もいなくはない。そうした小規模のデモや訴えをリードしているのは、大学はおろか、ロースクールなど大学院まで出ていながら、職にありつけないインテリたちだ。

半世紀近く昔、フラワーチルドレンと言われた若者たちをリードしたのも、高度の知識人たちだった。彼らに共通しているのは、他の国や地域では見られない、イデオロギーとの決別であった。

日本でも反戦運動は盛んだったが、その背景には相当、マルキシズムを過激に解釈した各セクトの存在があった。それが一般市民との距離を広げ、最後は連合赤軍事件などという血なまぐさい事件を起こして終息した。

一方、アメリカにおけるフラワーチルドレンたちのほほ笑みを交えた主張は、市民たちの大きな共感を得て、今につながる歌や絵画などの文化を生み出し、結果的にベトナムからのアメリカ軍撤退につながった。

今回、突然ウォール街を発信源にした若者たちの決起に対して、一部の保守派は警戒の念を強めている。なぜなら、インターネットなどを通じての情報の伝達が、当時に比べて格段に早く、あっという間に全米の各都市に伝播《でんぱ》しつつあるからだ。

今回の旅の末期、筆者が訪れた晩秋のアラスカでも、アンカレジの街頭などで、プラカードを掲げた若者たちが気勢を上げていた。東西冷戦の終結後、ただ一つの超大国として君臨したアメリカ。フリーダムを金科玉条にして、経済などからあらゆる規制を撤廃したツケが、今すさまじい格差となってアメリカを揺るがしている。
かたや反戦、こなた身近な格差問題と、掲げるテーマは大きく異なっている。しかし根底では、自由で機会平等という、建国以来のアメリカの理想を追求する点では同じとも言える。果たして現代のフラワーレスチルドレンたちの行く手には、何が待っているのだろうか。

（2011・10・22）

不気味な予感

何やら世界が騒然とし始めた。欧州ではギリシャに端を発した金融危機が、近隣のイタリアやスペインに波及、ギリシャとイタリアでは相次いで首班が交代した。アメリカでは、既に2カ月前から始まっていた格差是正を要求するデモが全米に波及し、収まる気配を見せていない。

浅学ながら、近現代の裏面史を土俵に仕事をさせていただいている身には、いわく言い難い既視感、あるいはどこかで聞いたことのある音のようなものが、見えたり聞こえたりして落ちつかない。未曽有の大災害に見舞われた国に住む者として、外界のざわめきに過敏になっているからかもしれないが、そればかりではないような気もする。

1923（大正12）年9月1日、関東大震災が発生。首都圏一帯に壊滅的な打撃を与えた。震災の5年前、日本は第1次世界大戦で戦勝国となり、18年前の日露戦争勝利と相まって、極東のちっぽけな島国から一躍世界の5大国の一つに数えられるようになった。いわば得意の絶頂ともいうべき状態に水を差され、以後の国の進むべき方向を変えられたともいえる出来事である。

実は、関東大震災に襲われる2週間前の8月17日、その後の日本の進路に大きな影響を及ぼした出来事があった。1902（明治35）年1月30日の締結以来、21年余りにわたって、当時世界の覇権国家だった大英帝国と日本を結び付けていた日英同盟が、この日を最後に失効したのだ。急速に存在感を増しつつあった日本に対して、英米両国が警戒心を抱いた結果の終焉《しゅうえん》であった。

日英同盟に代わるものとして、2年前の1921（大正10）年、日英米仏の4カ国条約が制定されていたが、これは日英同盟のような日本の安全を強力に保障する条約ではなかった。英国という最大の同盟国を失った日本は、5大国の一員というのは虚像に近く、丸裸の状態で世界と向き合わざるを得ない状態になったことに気付く。

以後日本は、第1次世界大戦で敗戦国となって過酷な賠償金支払いに苦しんだ結果、ナチスの台頭とヒトラーの出現を許したドイツに急速に接近していく。その過程で、1929（昭和4）年10月24日のウォール街発の世界恐慌の直撃を受けて疲弊した産業、とりわけ生糸をはじめとする農業の救済を図る目的で、農民の植民先としての満州に目を付けた。これが欧米列強、とりわけ中国本土に利権を持つ英米両国を刺激し、結果として太平洋戦争への流れをつくってしまった。

時代は下って1990年代初め、日本は不動産や株価のバブルが崩壊し、第2の敗戦ともいわれる経済的な難局に直面する。追い打ちをかけるように東西冷戦も終結、冷戦構造の世界から、特需ともいえる経済的利益を得ていた日本は、長い低迷の時代に突入した。

2008（平成20）年9月15日、またもやウォール街が起点となったリーマン・ショックなる世界恐慌が発生。その痛手からようやく立ち直りの気配を見せつつあった今年の3月11日、日本は前代未聞の東日本大震災に見舞われた。

そして今。欧州発の金融危機が、リーマン・ショック以降、とみに力の衰えを見せつつあるアメリカや、震災後遺症から抜け出せないでいる日本を不安に陥れている。歴史は繰り返すと言われるが、関東大震災以降の日本の足取りを思い起こすと、ある種の既視感に身構えざるを得ない気持ちになる。

制度疲労を起こしていた55年体制に別れを告げ、民主党政権に期待をつないだのもつかの間、普天間問題などで、日米同盟に深刻な亀裂が生まれた。震災直後の協力などで、幾分かの関係修復がなされたかに見えるが、環太平洋連携協定（TPP）などの展開次第では、今後何が起こるか予断を許さない状態が続く。

気が付いたらまた、丸裸状態で世界と向き合う状況になっていて、確たる成算もないまま軍備増強に走った、戦前の轍《てつ》を踏んでいるなどということだけは、何としても避けねばならない。


（2011・11・21）

「世襲独裁3代目」の不安

12月17日、突然、北朝鮮の金正日総書記が世を去った。その死が東アジア、ひいては日本にどんな影響を及ぼすかを判断するには、あとしばらく状況を見定める必要があるだろう。他方、現代史を主な舞台に仕事を続けている一個の物書きとしては、一人の独裁者の末路としてだけではなく、時代の転換期における一つの出来事としての感慨が湧いてくる。

北朝鮮の公式記録では、金正日氏は1942年2月16日、中朝国境にそびえる朝鮮半島の最高峰、白頭山の麓で生まれたとされる。一方、ロシアや韓国の研究者の間では、旧ソビエト連邦の極東地方で生まれたという説が有力だ。

白頭山は昔から、周辺地域の住民たちの間で聖なる山と見なされてきた。故に金正日氏の存在を神格化させるための作り話だともいわれるが、実際のところは分からない。

確かなのは、朝鮮民主主義人民共和国、すなわち北朝鮮が誕生した48年9月9日以来、初代の金日成、２代目の金正日と、北朝鮮は一貫して金一族の統治下にあったという事実である。

20世紀は社会主義の時代といわれた。確かに１９１０年代に誕生した世界初の社会主義国家ソビエト連邦はじめ、モンゴル人民共和国と続き、第２次世界大戦以降は東ドイツ、ポーランド、チェコスロバキア、ハンガリー、ブルガリア、アルバニア、ユーゴスラビア、リトアニア、ラトビア、エストニアそして中国と、ほぼ地球上の半分を席巻する勢いであった。

そしてこの国々すべてが、マルキシズムを旗印に掲げる一党独裁体制をとっていた。しかもその多くで、一人の独裁者が長く権力の座にあった。ソ連のスターリン、中国の毛沢東、ルーマニアのチャウシェスクなどがその典型である。

これらの国々には、一つの際立った特徴がある。党としての独裁は長く続いたものの、権力の世襲は、北朝鮮を含むごく少数の例外を別にしてなかったのだ。世襲を狙った独裁者もいなかったわけではない。だがそれを果たす前に、自らが権力の座を追われた。

北朝鮮以外の例外は、中東のシリア（正式の国名はシリア・アラブ共和国）である。

長くオスマン帝国の支配下にあったが、18年に独立、シリア王国となった。

2年後の20年、フランスの委任統治下に入り、第2次世界大戦後、ようやく独立を果たした。戦後の一時期、エジプトと連合を組んだが、解消した後はシリア・アラブ共和国として独立を回復、社会主義を旗印に掲げるバース党政権が誕生した。

70年、バース党内部で路線闘争が起こり、穏健な社会主義を掲げるハフェズ・アサドがクーデターで権力の座に就いた。現在、民主化を求める群衆を武力弾圧、アラブ諸国からも批判されているバッシャール・アサド大統領は、2000年に死亡した父ハフェズの跡を襲った、2代目の世襲独裁者である。

1994年に父金日成の死亡により権力の世襲を果たした金正日氏は、世襲独裁者として、いわばバッシャール・アサド氏の先輩であった。その金正日氏が、自らの三男を世襲3代目に指名して世を去った。権力の座に座って以来、トロツキーなど革命の同志を冷酷非情に粛清したあのスターリンですら、生前自らの身内を後継者に指名することはなかったのに。

スターリンと金日成の共通点は、自らの政敵を大量に粛清、権力を維持した点にある。金正日氏は父が固めた権力基盤に乗って、どうにか世襲2代目の役割を果たした。だがその金正日氏にしても、自らの権力基盤を確固たるものにするのに、およそ10

年の歳月を必要とした。三男の金正恩氏は、そうした助走期間があまりにも短い。北朝鮮の今後に、大きな不安を抱かせる船出となった。

（2011・12・21）

20世紀との別離

各紙が報ずる米イーストマン・コダック社破綻のニュースを目にして、しばらく茫《ぼう》然《ぜん》と宙を見つめていた。外国の一企業が破綻したということだけなのに、さまざまな記憶が一度に蘇《よみがえ》り、深い感慨にとらわれてしまったのだ。

私事にまつわることでまことに恐縮だが、筆者の父は雪深い山里で、周囲の人々の温かい眼差《まなざ》しに見守られながら、僻地《へきち》医療に人生をささげた。楽しみは仕事を終えた後の熱燗《あつかん》の一杯ぐらいという堅物で、道楽のデパートのような不肖の息子とは正反対の一生だった。

そんな父が、生涯を通じて唯一たしなんだ趣味らしい趣味が写真だった。戦前の乾板を用いた六櫻社（後の小西六、現在のコニカミノルタ）製の写真機にはじまり、同社のベスト版フイルムカメラ「パーレット」、コダック社製35ミリフイルムカメラ「レチナ」、オリンパス社製の小型一眼レフ「オリンパスペンF」などを愛機とし、家の周囲や旅先で目にした景色などを撮影しては、自分で現像、焼き付け、引き伸ばしなどをして楽しんでいた。

これらのカメラのうち、コダック社製「ベスト・ポケット・コダック」（日本では単玉レンズ付きが主だったので略してベス単）のフルコピーと言われた「パーレット」と「レチナ」は、後に筆者に譲られて、父が新たにオリンパスペンFなどを購入する口実にされた。当初シンクロ同調装置がついていなかった「レチナ」のシャッター、コンパーラピッドを改造して、フラッシュが使えるようになった時のうれしさは、今でも忘れ難い。

フィルムは国産の富士フイルム製「ネオパンSS」や小西六製「サクラパンF」を使っていたが、時には奮発してコダック社製の「プラスX」や「トライX」を使うこともあった。カラーフィルムも国産の「フジカラー」や「サクラカラー」を愛用したが、ここ一番という場面では、コダックの「コダクローム」や「エクタクローム」などにも手を出していた。

父の写真道楽はかなり徹底していた。カラーは別にして、前述のようにモノクロはすべて自家処理だった。現像液はコダック処方のD76を、必要な薬品を買い集めて自分で調合、夏や冬には氷やぬるま湯を使って液温を一定に保つのに苦労していた。

筆者も小学校上級から中学生ぐらいになると、「パーレット」や「レチナ」を禅譲された見返りに、この作業を手伝わされた。真っ暗にした奥の部屋で、手さぐりで現像用のリールに巻き付けた撮影済みのフィルムを、あらかじめD76現像液を満たしてあった現像タンクに入れて、時折攪拌《かくはん》しながら指定された時間まで待つ。

その後現像液を排出し、定着液を入れて、またしばらく待つ。現像、定着という作業が終わると、タンクからフィルムを取り出し、両端をクリップで止めて、土間の上に張られた細いロープにつり下げる。露出計などない時代だから、陰画の状態は濃すぎたり薄すぎたりばらばらで、それを確認するのも、楽しみの一つであった。

およそ1日かけて乾燥し終えると、今度は焼き付け、引き伸ばしだ。赤ランプの下、まるで幻灯機のような形をした木製の引き伸ばし機で、壁にピンで張り付けた印画紙に露光し、現像液で満たされている四角い皿状のバットに浸してゆする。

十数秒後、あたかも幻のように画像が出現し、じわじわと濃くなっていく。あの時のトキメキもまた、得難い経験だった。こうした思い出のひとつひとつが、コダック社のカメラやフィルム、現像、焼き付けの情景とともに、亡き父のたたずまいにオーバーラップされていく。

それは同時に、多くのことが手作業でまかなわれ、それがまたよろこびをかきたてたあの当時の思い出につながる。筆者にとってコダックの終焉《しゅうえん》は、まさに20世紀という時代との別離を実感する出来事であった。

（2012・1・22）

本当に50年後の話か

さる1月30日、国立社会保障・人口問題研究所は、日本の将来の人口推計結果の概要を公表した。それによると2048年、日本の総人口は1億人を割り込み、60年には8674万人になるとのこと。

この数字は、それぞれの時期の出生推移と死亡推移について高位、中位、低位の仮定を設定。これらの組み合わせにより9通りの推計を行った結果の中で、中位の仮定を前提としたものだという。

女性1人が生涯に産む子供の推定人数「合計特殊出生率」を低位、すなわち中位の1・35から1・12に縮小する形で推移すると仮定した場合では、60年の人口は7997万人と、太平洋戦争終結直後の8000万人以下にまで減少するらしい。

その結果、15歳から64歳までのいわゆる生産年齢人口も60年には3971万人と、現在の約半分になってしまう。この件については2月3日、湯沢市で開催された地域福祉セミナーで講演した、内閣府の村木厚子政策統括官が分かりやすく説明してくれている。

それによると、現状は生産年齢人口のうち3人で高齢者1人を支える騎馬戦型の状況。それが55年には、1人で1人を支える肩車型になってしまうという。ただこれは、「人口予測に基づくもので、55年時点での生産年齢人口に含まれる人の大部分はまだ生まれていない」（本紙2月8日付）と、過度に悲観的になる必要はないとのご託宣であった。

こうした報道を、筆者は微苦笑しつつ読んだ。私事に関わることで恐縮だが、筆者は現在、98歳になる実母と、96歳の義母すなわち妻の母親の2人を支える役割を担っている。1980年代半ばから後半にかけて、義父と実父が相次いで他界した結果のことである。

当時は実母も義母も70歳代前半で、その後しばらくは、それぞれ一人で頑張って生きてくれていた。90年代に入り、義母が乳がんと心臓疾患を発症、一人での生活に耐えられなくなり、横浜の拙宅に移ってきた。妻は一人娘で兄弟姉妹がおらず、頼れる親戚も皆無なので、ある意味自然の成り行きである。

一方、秋田の実母は周囲の温かい目に見守られ、花などの趣味を楽しみながら、長男の筆者が管理を引き継いだ実家を守ってくれていた。だが90歳を超えたあたりで持病の緑内障が深刻化して急速に視力が衰え、自分で身の回りのことをするのが難しくなった。

ならば横浜の家に引き取るか、あるいは近くの施設に移ってもらおうとしたのだが、いまさら見知らぬ土地に行くのはごめんだと強く抵抗され、説得に失敗して万事休した。

どうしようかと途方に暮れていたところ、故郷の人々の温かい計らいで地元の施設への入居が許され、ほっと一息つくことができた。以来現在まで、時に楽しみつつ、時には修羅場にぶつかりながら、２人合わせて１９０歳以上という超高齢者を支える役割を演じてきた。

こうした状態、すなわち肩車型の支えを可能にしたのは、何よりも故郷の人々や公的施設、そして常に目を配ってくださっている医師の先生のおかげである。この間、実母は視力をほぼ失って寝たきりの状態になり、次なる段階への移行が必要となった。

義母の状態はどうにか安定しているが、認知症的な症状も出始め、目が離せない状態が続いている。妻は義父から引き継いだ零細企業を切り盛りするため、平日の日中は基本的に留守だ。そのため筆者は、ほぼ2時間ごとに仕事場と母屋を行き来する日々が続く。

他人さまに話すようなことでもないのに、あえて記したのは、似たような状況に置かれている方々が、たくさんおられるのではないかと思ったからだ。いわゆる肩車型の社会は、50年後どころか、すでにそこかしこで出現しているのではないだろうか。

（2012・2・22）

市井の英雄たちの記憶

あの大災害から1周年の今月11日、新聞やテレビなどのメディアは、回顧記事や現在進行形の出来事にまつわる特集や特番であふれかえった。

たまたま日曜日だったこともあり、筆者にも新聞にじっくり目を通し、テレビ画面と向き合う余裕が与えられた。とはいえ、土日など関係なく生活している物書きの習性で、普段ならよほどのことでも適当なところで新聞を置き、テレビの前から離れて仕事机にへばりつく。

しかし、この日は違った。メディアに登場する犠牲者、とりわけ津波にのまれて命を落とした人々を報ずる紙面や画面を見るともなしに見ているうちに、心の奥深いところから湧き上がってくる名状し難い思いのとりこになり、仕事どころではなくなってしまったのだ。

防災放送を担当していた娘さんは、迫りくる危険にもかかわらず、土壇場までマイクの前から離れず、津波来襲からの避難を呼び掛け続けて波にのまれた。その娘さんが勤めていた防災センターの屋上を望遠レンズで写した写真は、市名が入った法被を着込んだ何人かの男たちが輪になって、背後に迫った激浪から人々を体を張って守るべく、人間防波堤になっている様子をキャッチしていた。

自分の会社が預かっている中国からの研修生たちを、安全な所に逃がそうと頑張り続けて波にのまれた男性もいた。新婚ほやほやの高校の若い女性教師は、自分が担当している部活の生徒たちを逃がそうとして呼びに行き、落命した。

彼ら彼女らは、決して特別な人たちではない。普段は市井の一画で穏やかに暮らしていた、名もない生活者である。

もちろん周囲の人々から尊敬されたり、敬われたりした人格者もいたであろう。気立てが良くて、みんなにかわいがられた娘さんもいたに違いない。一方、中には日ごろ気短でけんか早かったり、酒癖があまり良くなくて剣呑《けんのん》がられた人だっていたはずだ。

そんな人々が、ごく当たり前のことのように自らの命を犠牲にして他人を助けた。こうした人々のありし日の姿、たたずまいを見ているうちに、目から汗が出て止まらなくなった。

筆者は生来のあまのじゃくなので、普段は愛国心などを自覚することはまずない。海外の友人たちが日本の悪口を言っても、普段はあえて反論しないし、時には彼らの尻馬に乗って日本を批判したりする。しかしこの1年間は、名もない崇高な人々のおかげで、この国に生まれ、日本人の末席に連なれたことを誇りに思って生きてこられた。

だが最近は時々、やはり日本人は忘れっぽいな、と思うこともしばしばあるようになった。例えば、いまだ被災地に山積みされているがれきの問題である。震災発生から1年以上たった現在でも、いまだがれきの90%以上が手付かずのままになっている。理由は単純で、処理が遅々として進まないからである。そして、あれを焼却や埋め立てに必要な施設や場所のない、被災地自身で処理せよと言っても、不可能であることは誰の目にも明らかだ。

当然、ほかの地域に持ち出して処理するしかない。だが、すでに受け入れを進めている東京都など少数の例を別にして、受け入れを認めている自治体や地域はまだ多くない。

本県でも大仙市など一部の自治体は、早くから受け入れを表明していたが、さまざまな理由で実現が遅れた。もちろん、放射能汚染などを心配する気持ちは分かる。しかし、そういうことへの安全を担保した上で、がれきの搬入を一時的にせよ認めることは、あの日自らを犠牲にした無名の英雄たちの志にも通ずるのではないか。

がれき処理場がある東京湾から吹き寄せる春風に吹かれながら、あらためてあの日の気高い日本人たちに思いをはせている。

（2012・3・20）

一介の物書きの妄想

昨年の大震災から1年余り経過した4月中旬。共に筆者が世話役として末席にいる日本ペンクラブ環境委員会と、日本ベラルーシ友好協会から、相次いでチェルノブイリ原発事故調査団が現地に出向いた。遅々として進まない福島第1原発事故による放射能汚染への対応について、チェルノブイリ原発事故から20余年を経過した今、現地の状況はどうなっているのかを視察するのが目的である。

とりわけこの間の被ばくによる健康被害の推移については、まさに日本の被ばく地、被ばく者の今後に直結する問題である。故に現地の被ばく者を含む医学関係者、行政当局などと面会して四半世紀にわたって蓄積された経験を披瀝《ひれき》してもらい、必要なデータを収集することで、福島のみならず日本各地に点在する原発との向き合い方を民間の立場から考えるという狙いもある。

成果は4月下旬帰国予定の両視察団による報告を待つことになるが、一方で国内では奇妙な動きが目立ってきた。

つい最近まで、終始一貫して脱原発を目指すと言い続けてきた枝野幸男経済産業相が一夜にして豹変《ひょうへん》し、当面の課題である大飯原発（福井県おおい町）の再稼働を口にした。野田佳彦首相はじめ関係閣僚も、それを追認する立場を表明している。

一体これは、どういうことだ。そう思ったのは筆者ばかりではないはずだ。事の是非については、国論が分裂している現在、両論があっていい。しかし、仮初めにも政府の中枢にいる者として、具体的かつ精密なデータを示さずに突然方針転換したのはなぜか。

筆者は30年以上にわたって歴史の裏通りを歩く作業を続けてきたので、猜疑《さいぎ》心が強くなっているのかもしれない。それに、政治家が突如立場を変えたり、ぶれたりするのは珍しいことではない。

しかし、こと枝野経産相に関していえば、これまでそういうイメージとはやや遠い感じがしていたのは、これも筆者ばかりではないような気がする。原発再稼働問題だけではない。少し前まで環太平洋連携協定（ＴＰＰ）交渉入りについて、相当強い言葉で参加を表明していた野田首相が、近く行われる日米首脳会談の場では参加を明言しない方針だという報道があった。

首相が政治生命を懸ける、命懸けでやると言明していた消費増税関連法案の今国会審議入りについても、最大野党の自民党が反対する新年金制度について岡田克也副総理が撤回する可能性に触れた。

こうした政策課題ばかりではない。辞任を表明して以来、慰留を口実に長く店晒《たなざら》しにしてきた小沢グループ系党役員の辞表を、18日に受理する方針を示した。その中には離党を表明した議員も含まれる。

こうした一連の出来事を見ているうちに、筆者はある言葉を思い出した。それは「死んだふり解散」である。1986（昭和61）年、当時の中曽根康弘首相は懸案の国鉄民営化などの重要課題を達成するため、前回の総選挙で失った党勢の挽回を目的に衆参同日選挙を狙っていた。

だが前年の最高裁判決で、衆議院の議員定数の不均衡、すなわち1票の格差について違憲だとされたため、そのままでは解散総選挙に打って出ることが困難になっていた。この問題は、86年5月22日の公職選挙法改正案の可決でクリアできたが、改正法の周知期間問題が絡んで、そのままでは同日選挙はできないと見なされていた。

ところが中曽根首相は同6月2日に臨時国会を召集、冒頭で衆議院を解散、総選挙を断行した。世にいう「死んだふり解散」だ。野田首相は類似の手段で野党の一部と結託して党内反対派による劣勢を覆し、消費増税関連法案の可決後、衆院解散に打って出るのではないか。以上は一介の物書きによる妄想だが、万一図星だったら盛大なアプローズ（拍手喝采）を。外れたら平にご容赦。

（2012・4・22）

出来もしないこと

不安定な天気が続く中、1週間足らずの日程で沖縄の先島諸島に行ってきた。釣り雑誌の依頼で、フライ（西洋毛鉤《けばり》）とルアーを用いたマングローブの林の中でのミナミクロダイ釣りと、サンゴ礁のリーフ内での五目釣りという、やや浮世離れした仕事をするためだ。

出版を今夏に控えた長編小説の長期にわたる取材執筆と、本業以外のさまざまな仕事の重圧からの逃避を兼ねた旅であった。西表島はそんな折の目的地としてはまさに格好の場所だ。修羅場が続く日常とは様変わりの風光に、生き返ったような気分になった。

しかし、それは日中だけの話。夜、釣りに付き合ってくれた地元の人々と、泡盛を一杯やりながら話をするうちに、彼らの置かれた状況が他人ごとでなく思えてきて、ああ、ここにも修羅場があると、やりきれない気分になった。

西表島は北緯24度という北回帰線のすぐ近くに位置する亜熱帯の島で、沖縄本島からも約500キロ離れている。その分、以前訪れた時は基地問題などに対する関心も本島ほどではないと感じた。

ところが今回は、たまたま沖縄復帰40年という節目の時期だったこともあって、これまでとは異なる雰囲気が漂っていた。筆者をガイドしてくれた釣り船の船長は、真っ黒に日焼けした、見るからに海の男という風貌の親父《おやじ》さんで、終始笑顔を絶やさない好人物である。

それが一度、米軍普天間基地移転の話題になると顔つきが変わり、厳しい表情で、「政府はいろいろ言っているが、わたしどもは、あの問題は白紙に戻ったと思っている」と言い切った。

「白紙？」

「そうです。日米の関係者が十数年もかけて交渉した末の結論を、われわれ沖縄人の多数が、不満はあるが、まあ仕方がないかと自らの思いを封印して受け入れたのに、一人の政治家の無責任な思い付き発言で一気に元に戻った」

「元とは？」

「仕方がないと思うのではなく、どうしてわれわれだけがこんな目に遭わねばならぬのかという、もともと沖縄が抱える過重な基地問題という、根本的な問題に関わる思いです。例えは悪いが、寝た子を起こされた。この思いは、本土の人たちには理解できないでしょう」

「となると、普天間はどうなります？」

「だから白紙ですよ。あの発言を行った元首相だけでなく、今の政府も無責任だ。一度は普天間の辺野古移転に賛成した人も、今の雰囲気ではもう、移転に賛成だなどと口が裂けても言えなくなった。なのに政府は普天間移転について、沖縄の理解を求めていくなどと言い続けている」

「つまり、普天間の辺野古移転はないと」

「わたしだけではなく、日ごろ、こういう問題に関心のない人間の大半がそう思っている」

「その気持ちは分かる。でも、現在は中国の存在感の巨大化などにより、沖縄の米軍の存在理由が以前とは様変わりしている。それでも無理だと」

「わたしは漁師なので、時には尖閣諸島方面にも漁に出る。だから、その点についても理解はしている。しかし、普天間問題はしばらく解決不可能だと思う」

「では、今政府が言っていることは空手形ではないですか」

「出来もしないことを言っているという意味では、まさにそうです」

彼は日ごろ、こうした問題には関わりを持ちたくないと思っている、ごく普通の生活者だ。そんな彼らに、状況の本質を見透かされているところに問題の根深さがある。こんな時にとうてい適材とは思えぬ人物が、対応すべき省のトップに居座っていることも、現地の怒りと諦めを助長しているように感じた。


（2012・5・23）

飲み代余剰節電

さる16日、政府は関西電力の大飯原発3、4号機の再稼働を決めた。その結果、この夏のピーク時には3、4号機ともフル稼働する見通しとなった。

「3・11」直後、福島第1原発が壊滅的な被害を受けたことを踏まえ、東京電力は昨年3月14日、いわゆる計画停電を実施した。この計画停電（本来はローリング・ブラックアウト、すなわち輪番停電と呼ぶそうだが）は首都圏を中心に何度か実施された後、3月28日以降の実施は見送られた。

あれから1年3カ月。大飯原発再稼働は、ピーク時の8月の電力需要見通しが再稼働しない場合14・9％不足することを前提にしている。再稼働決定を踏まえ、関西電力は平時の直近だった2010年夏比で、15％の節電を需要家に求める方針だったのを、5ないし10％の節電に軽減する予定とも伝えられている。

こうした報道に接して、筆者は思わず苦笑してしまった。昨年夏の電力需要ピーク時、計画停電が避けられたのを機に、ささやかに続けてきた実験に対する、一つの答えが得られたような気がしたからだ。

実験の名称を、仮に「飲み代余剰節電」としよう。具体的に何をしてきたかというと、その夜予定していた飲み代が多少なりとも余った時、それを元手に家および仕事場の電球を、白熱球からＬＥＤや電球型蛍光灯に入れ替えてきたのである。

例えばあるパーティーの二次会で、割勘の１人当たり金額が５千円の予定だったのが４千円で済んだとしよう。結果として千円の余剰小遣いが発生する。それを２回繰り返すとＬＥＤを１個購入できる。

これでは間に合わないこともあった。拙宅の場合、節電を狙って設置した調光機能付きスイッチがあちこちにある。通常のＬＥＤや蛍光灯型電球はこれに対応しておらず、調光機能スイッチ対応のＬＥＤを購入するのに、およそ倍以上の出費を強いられたのだ。さらに根源的な見通しの誤り、すなわち２次会３次会の出費が見通しを大幅に超えた時は、当然ながら飲み代余剰金は発生しない。

この結末がどうであったかの答えはなかなか出なかった。前述のように飲み代余剰金の発生が不安定で、ある月は数個のＬＥＤを購入できたのに、別の月はまったくだめだったこともある。かくして一歩前進半歩後退を繰り返しつつ、今年４月末までに仕事場と家の照明器具の大半を、LEDや蛍光灯型電球に入れ替えることができた。

結果として何が起きたか。物書きという極めて不規則かつでたらめな日々を過ごしていることもあり、筆者宅および仕事場の電力消費量は、人さまに申し上げるのがはばかられるような状況にあった。

具体的にいうと、真冬と真夏のピーク時には、平均して3万円～3万5千円。春と秋でも、2万5千円を割ることは少なかった。それが何とこの5月、1万8千円代まで下がったのだ。前年の5月と比べて約7千円、率にして約25％前後の節電だ。筆者が何を申し上げたいかは、既にお察しと思う。

過去1年余り、日本は産業界はじめ各家庭や公共施設など、国を挙げての節電に取り組んできた。計画停電の中止は、その結果得られたものだった。なのに政府や電力会社は、大震災や福島原発事故発生前の、乱脈なエネルギー消費データを基に、原発再稼働に踏み切った。

筆者のような節度のない生活者でも、20％程度の節電ができるのに、だ。こう申し上げると、何でそんな馬鹿げたことをするのだ。そんなことをするより、毎月幾らかずつを節電照明器具に投資したら、どうということもなく達成できるではないか、というお叱りの声が聞こえてくる。

家人も同じことを言う。節電のためと詭弁《きべん》を弄《ろう》して酒を飲むのは言語道断だと。
（2012・6・20）

「教養」の復権

ここ数年、秋田県は優れた教育県として全国的に注目されてきた。義務教育の場における全国学力テストなどで、常にトップ争いを演じてきたことがその背景にある。とはいえ、筆者のように青少年期は学力、素行ともに不良で、そうした誉れとは無縁だった者としては、いまだ眉にツバをつけて、ほんとかいなと思ってしまうところがあった。

ところが今回、眉にツバをつけたくてもつけようのない結果が出た。しかもこれまでのような義務教育限定ではなく、大学教育においてである。それも単に入学難易度を示す偏差値などという尺度ではなく、最も本質的かつ根源的に大学の総合力を示す、「人材育成力」という尺度での結果だ。

企業経営者などに広く読まれている日本経済新聞が、日本を代表する企業の人事担当者（部長以上）を対象に、「人材育成の取り組みで注目する大学」というテーマでアンケートを求め、136社から回答を得た（今月16日付朝刊）。

対象になったのはIHI、キヤノン、NTT、サントリー、資生堂、新日本製鉄、トヨタ、日本IBM、ソニー、全日空、ファーストリテイリングなど現代日本の各業種を代表する企業ばかり。

その結果、本県の国際教養大が、東大、京大、早大、慶大など、並み居る有名校や伝統校をことごとく差し置いて、圧倒的な差をつけてトップの座を占めた。具体的な得票数では2位東大の3倍。4位、5位の早稲田、慶応のそれぞれ4倍と5倍。同数7位の京大および阪大とは実に12倍もの票差で、文字通り大差をつけてのトップ評価だった。

興味深いのはその評価の内容だ。最も重視されたのが「教養教育の強化」である。2番目に重視されていたのが「コミュニケーション能力を高める教育」。

いずれも小手先のやり方では実現不可能なことだ。きちんとした哲学に基づく方針の下、粘り強い努力なくして達成できることではない。

この二つは深く関わっていて、それなりの教養がなければ優れたコミュニケーション能力は身に付かない。また、優れたコミュニケーション能力は教養を深め、視野を広げることに直結する。

国際教養大は大半の授業が英語で行なわれ、在学中に1年間の留学や、寮での共同生活を義務付けていることで知られている。

開学以来、学力や知識というものは、広い視野と教養の裏付けがなければ意味がないという、中嶋嶺雄学長が掲げてきた方針の実践である。それが世の中に浸透し、とりわけ世界を舞台に活躍できる人材を求めている企業の要望と完全に一致して、今回の高評価につながった。

手っ取り早い答えを求める社会の風潮の中、あえて教育の基本に立ち返り、まっとうなことをまっとうな手段で、粛々と成し遂げてきた結果である。いわば正攻法のたまものとも言えるだろう。

実のところ、近年は「教養」という言葉は半ば死語になりかけていた。そんな漠然とした概念よりも、手っ取り早く目に見える形で役に立つ、いわゆる実学主義の名の下に軽視されてきた「教養」。

この影響は、幼少時の教育にも及んでいる。生きていく上での基本的な教養である社会的な規範の喪失は、とりわけ義務教育の現場に大きな混乱をもたらしている。

欧米やイスラム社会と異なり、宗教がそうした規範となり得ない日本においては、普遍的な価値を見極める「教養」こそが、次なる規範の形成に役立つはずだ。

古希を迎えてなお、自らの教養のなさにさいなまれている筆者にとって、次世代の若者が学ぶ国際教養大に与えられた高い評価は、将来を照らす一条の光明となった。今回の快挙が、県内の高等教育のさらなる発展につながることを期待する。

（2012・7・19）

「地下水脈」の枯渇が問題

ロンドン五輪から発信され続けた熱い夏が終わり、秋の訪れを告げる涼風が頬をなぶり始めた今、想定外の熱風が日本海を越えて吹き付けてきた。

戦後半世紀以上にわたってくすぶり続けてきた問題で、散発的に騒ぎが持ち上がりはしても、何となくまあまあ、という形で始末がついてきた竹島問題と従軍慰安婦問題。

それが突然、休火山が煙を噴き出したような騒動になっている。極め付きは今月10日、韓国の李明博大統領が歴代大統領として初めての竹島上陸と、天皇陛下を名指しして「韓国に来たかったら心から謝れ」などと述べた14日の発言である。

かりそめにも友好国に対する発言としては異例の言い方だ。しかし、その背景を注視すると、いずれも韓国の内政、具体的には政権末期の低支持率対策と近づく大統領選挙を意識した、いわゆる「国民の視線そらし」的な発言にすぎないことが見えてくる。

より大きな問題は、むしろ別のところにある。前述のように少し前までの日韓関係は、何か問題が起きても気が付くといつの間にか収束していた、ということが多かった。

その背景には、長きにわたって培われた太い地下水脈があり、何かあるとそれが有効に機能した。李明博大統領のような表舞台にいる人物が、突発的ともいえる強硬発言に至る前に、まあまあ状態で収束できたのだ。

もちろん、こうした処理の仕方にも問題がなくはない。国境を越えた利権あさりの温床になったケースもあり、いわゆる副作用も少なからずあった。

韓国独立直後の李承晩時代は別にして、朝鮮戦争以後の日韓関係で、幾度も繰り返されたもめごとを収束させた地下水脈。実はその源流は満州にある。

日本側の源流は、岩手県奥州市（旧水沢市）出身の政治家・椎名悦三郎。１８９８（明治31）年生まれで、東京帝国大学を卒業して農商務省入省後、満州国政府に出向した。満州では産業部鉱工司長として、産業部次長の要職にあった岸信介の懐刀として辣腕《らつわん》を振るった。

ほぼ同じ時期、満州国軍官学校に入学したのが、若き日の朴正煕、後の韓国大統領である。1917年生まれの朴正熙は満州国軍官学校を首席で卒業、日本陸軍士官学校に推薦編入された。この朴正熙が、日韓地下水脈の韓国側源流である。

年齢差もあり、若き日には直接の接触はなかった。その二人が相まみえたのは61年7月、椎名が第2次池田内閣の通商産業相だった時のことである。この年の5月15日、当時陸軍少将だった朴正熙は、軍事クーデターに成功して国家再建最高会議議長に就任、実質的に政権を奪取した。

来日した朴正熙は、池田勇人首相、小坂善太郎外相、椎名通産相らと面会、近い将来日本との国交回復の意志表明と、経済協力実施の要請を行った。椎名とは同じ「満州OB」として意気投合、以来、肝胆相照らす仲となった。

65年6月22日、佐藤内閣で外相に就任した椎名は、韓国を訪問して日韓基本条約に調印し、日韓両国は正式に国交を回復した。この時の大統領が朴正熙である。

以後この二人を源流とした地下水脈が構築され、72年5月には日韓議員懇親会が発足し、日本側では椎名が初代会長に収まった。

21世紀に入り日本の政治は漂流し、韓国側でも民主主義の名の下に、思想と利害が激突する状況となった。その過程で日韓問題の潤滑油的存在だった地下水脈が枯渇した。

政治といえども、しょせんは人間の所作にすぎない。国益がぶつかり合う国際政治の場では、冷徹な損得勘定の果てに、いい意味での腹芸を演じ合って折り合いをつける。とりわけ歴史認識などの情緒的な問題を多く抱える日韓関係では、それを可能にする地下水脈の再構築が不可欠である。

（2012・8・17）

相手の立場忖度と民主主義

さる9月9日から15日まで、韓国の慶州に行ってきた。ロンドンに本部を置く国際ペンクラブの世界大会が彼の地で開催され、日本ペンクラブ代表として、さびついた英語で多くの会議やシンポジウムに出席、時には失笑を買いながら、どうにかお役目を果たしてきた。

折しも韓国とは、竹島問題や従軍慰安婦問題で関係がぎくしゃくしている時なので、緊張感を抱いての参加であった。とりわけ従軍慰安婦問題は、分科会の女性委員会で、ペンクラブが掲げる、表現の自由と人権擁護という二大理念の一つに関わる問題として、正式議題にするという事前情報があった。

この件は多分に政治的、あるいは歴史認識に絡む要素があるので、どう対応すべきかについて悩んだ。しかし、事前にあれこれ考えて、想定問答集的なものを用意してもしようがないので、出たとこ勝負でやるしかないと腹をくくって出かけた。

結果的にこれは杞憂《きゆう》だった。2国間問題にすぎない竹島問題が出てこなかったのは当然として、従軍慰安婦問題についても韓国側が自制し、正式議題としては持ち出されなかったのだ。80カ国以上のジャーナリストや作家が参加していたので、宣伝効果が大きかったにもかかわらず、である。

代わって全体会議などの場で激論のテーマとなったのがクルド問題である。トルコ、イラク、シリア、イランなど中近東諸国を中心に、3千万人近いクルド人が世界中に分散して生きている。

とりわけトルコ、イラク、シリアの国境地帯に住むクルド人は、長期にわたって独立運動を展開し、関係国との間で摩擦を繰り返してきた。

関係3国の国境地帯は、民族や宗教問題に加え、石油などの地下資源に恵まれていることが、問題を複雑にしているという側面もある。シリアの内戦にクルド人の一部が参加していることも明らかにされ、それが一層議論を沸騰させた。

クルド問題が激論になった背景として、ほぼ世界標準語化した英語に対する、英語圏以外の代表たちが抱くある種の思いがある。実際今回も、公用語とされたのは実質的に英語だけ。自分たちの言語もメジャー言語だと思い、かつそう主張しているフランス語圏やロシア語圏、スペイン語圏からの参加者たちの不満は大きかったようだ。

こうしたメジャー言語間の間隙《かんげき》を縫って、その存在が大きくなりつつあるのが、ウラルアルタイ言語という、いわゆるマイノリティー言語グループである。ウラル語とアルタイ語の関連を否定する学説もあるが、国際ペンクラブでは関連ありとして、一つのグループとして会合を重ねている。

この言語圏がどんなものであるかは、筆者の知識と能力では説明し切れないが、簡略化していえば、東アジアから中央アジア、トルコを中心とするアナトリア、東ヨーロッパ方面で使われている言語群を指すようだ。長く覇権をほしいままにしてきた英語文化に対する反発というか、閉塞《へいそく》感のようなものが、ウラルアルタイ語圏の存在感を大きくしているともいえるだろう。

1週間にわたって激論を繰り広げた会議の最終日の夜。お別れパーティーが開催された。バンドが入り、多くの参加者が社交ダンスを楽しんでいた。論戦では激しく対立していた旧東欧と旧西欧から来た男女が、むつまじく抱き合って踊っていたのが印象的だった。

社交ダンスが苦手な〝じゃんご者〟なので、壁の花となって見物していた筆者に、韓国代表が声を掛けてきた。

「どうでしたか」

「もっと厳しいかなと覚悟して来ましたが、おかげさまで楽しく過ごせました」

「それはよかった。相手の立場を忖度《そんたく》することは、民主主義の根幹ですから」

そんなやりとりに中国代表が割り込んできて、まさにその通りと言った。3人で握手を交わし、にやりと笑い合って別れた。

（2012・9・21）

尖閣問題と日中文化交流

尖閣問題に端を発した日中関係先鋭化の影響は、いまや文化交流の分野にまで及び、この秋開催される予定だった交流事業は軒並み延期あるいは中止に追い込まれている。作家や詩人、ジャーナリストの国際組織・国際ペンセンターの一部である日本ペンクラブ（国際的には日本ペンセンター）と中国作家協会が、長年にわたって続けてきた相互訪問も延期の名目で中止となった。

折しも中国を代表する作家で中国作家協会副主席の任にあり、日本ペンクラブとも親しい間柄の莫言《ばくげん》氏がノーベル文学賞に輝いた。祝意を表明する良い機会にもなると説明し、実現を図ったが果たせなかった。たまたま国際交流担当常務理事として事業継続の責任を担っている筆者としては、忸怩たる思いを抱きつつ自らの無力を実感している。

実のところ、国際ペンセンターと中国の関係は、１９８９年６月発生の天安門事件以来、およそ4半世紀にわたって、にらみ合い状態にあるといってもいい。ゆえに現在、中国国内にペンセンターは存在しない。作家協会の一部門として筆会という組織を設け、国際ペン大会にはオブザーバーの形で出席している。

中国関連のペンセンターで国際ペンに承認されているのは、天安門事件などで国外に出て活動している作家たちが設立した中国独立ペンと、ウイグルペンだけである。共に中国の現体制としては、顔も見たくない存在だろう。

そうした状況の中で私たち日本ペンクラブは、中国国内で獄中にある作家や民主化を求める活動家などの釈放実現と、言論の自由の進展を目指すためにも、体制内の組織である作家協会との連絡を密にし、隔年ごとの相互訪問事業を重要視してきた。

昨年までは極めて順調で、政界や経済界の交流とは一味違う成果を挙げてきたと自負している。とりわけ一昨年の初夏、秋田魁新報社はじめ秋田県や秋田市、秋田大学、ノースアジア大学などの温かいご支援を得て実現した訪日代表団一行の秋田訪問は、それ以前とは異なる交流を実現、来秋した中国を代表する作家たちの間でも大好評だった。

中でも日本の原風景ともいえる農山村の訪問や乳頭温泉郷での入浴体験は、彼らが抱いていた日本のイメージを覆すほどのインパクトがあったようだ。帰国後に彼らが書いたブログでも秋田の素晴らしさが強調されていて、来秋実現に微力を尽くした筆者としても、忘れ難い思い出となっている。

それが今回、いつ交流を再開できるかの展望も開けないような状態になっている。本音を言えば、中国の作家たちにも自国の政府に対して、文化交流と政治問題は別物と考えるくらいの度量を持てと、主張してもらいたいという思いがある。

しかしながら、作家協会主席は閣僚級の存在であり、一級作家の称号を持つ主要メンバーは国家公務員として扱われ、給料を支給される立場である。そんな状況の中で、国の方針に反対することを期待するのは、無い物ねだりのようなものなのかもしれない。

それにしても、といまさらのように思う。政治的にも経済的にも、そして軍事的にも、いまや世界の状況を左右するほどの存在になった中国という国は、これからどこへ向かっていくのだろう、と。

昨今の動向を見ていると、長きにわたって続いた、いわゆるパックス・ブリタニカ（大英帝国覇権）とパックス・アメリカーナ（米国覇権）の衰退につけ込む形で、世界の覇権を狙うかのような印象すら受ける。しかしながら現状のような振る舞いでは、たとえ経済的・軍事的には覇権を唱えることができても、米英両国のような覇権国家にはなれないだろう。

なぜなら、世界に覇権を唱えるためには、言語を含む文化面での存在感が不可欠だからだ。

（2012・10・22）

国文祭開催への道筋

アメリカでの大統領選に続く中国の政権交代、日本では師走の総選挙。今年も既に残り少ないというのに、世情は騒然として落ち着かない。そんな流れに背を向けるわけではないが、このところ筆者は柄にもなく文化づいている。

物書きとしては在るべき姿に立ち戻っただけ、ということなのかもしれない。しかし筆者はいわゆる体育会系の人間で、文化的かつ哲学的な思慮思考などとは無縁の存在だ。

これは勝手な思い込みなどではない。せんえつながら、筆者の来し方を見ていただけば一目瞭然である。小中学校、そして高校までの部活は陸上競技、大学では探検部で、極地探検に没頭して卒業証書をもらい損ねた。

わずかに小中学校時代、絵が得意で県のコンクールで賞を頂いたことぐらいが文化的といえば文化的。しかし、長じて生業の元となった作文については、これほど不得手なものはなく、それは今も同じである。

なのにどこでどう歯車の組み合わせが狂ったのか、気が付くと物書きになっていた。このミスマッチに追い打ちをかけたのが古希を過ぎて命じられた、２０１４年10月から11月にかけて、本県での開催が決まった国民文化祭（国文祭）開催の仕切り役である。

これを打診された時、多少なりとも分別のある者なら、少し考えさせてくださいと申し上げ、沈思黙考の末お断りしたはずだ。だが筆者はいつもの癖で、これは面白そうだと判断、条件反射的に、やりますと答えてしまった。

直後、一体これは何だろうと、文化庁のホームページを開いて色を失った。国文祭について、そこにはこう書いてある。《国民文化祭は、全国各地で国民一般の行っている各種の文化活動を全国的規模で発表し、競演し、交流する場を提供することにより、国民の文化活動への参加の機運を高め、新しい芸術文化の創造を促すことを狙いとした祭典です。（後略）》

しまった、と思ったが時すでに遅し。柔らかな表現ながら、まさに簡にして要を得た、お役所ならではの迷文ならぬ名文で、筆者のような物書き風情には絶対書けない文章だ。これはやばい、こんなこと、自分にできるわけがない。何とか遁走《とんそう》する方法はないかと、普段は使わない思考回路を総動員してみたが、いい知恵は浮かばなかった。

それにしてもこんなこと、誰が考えたのだろう。そう思って調べ、あえなく腹をくくった。発案者は１９８６年の第１回国文祭開催当時の文化庁長官にして、物書きの大先輩である三浦朱門氏。尊敬する先輩作家曽野綾子氏のご主人でもある。

文化的素養に乏しく、その方面には無知蒙昧《もうまい》といえども、体育会系としてはもう逃げられない。そう決意して、自分なりの対応を考えた。出てきた方向性は二つだけ。

県内外の英知に接し、徹底的に教えを請うて、折々の打ち合わせ会や連絡会では調整役に徹すること。その上で、イベントを実行するに当たっては、何をするかだけではなく、何をどうやるかを徹底的に追求すること。

第1回目の国文祭を開催した東京都から数えて、再来年の秋田は第29回目の開催県となる。日本は狭いようで広く、その文化も多様性豊かだ。とはいえ基本は一つの国家、似たようなものになっている芸術文化、生活文化も少なくない。それを活性化して躍動させ、独創的な新しい文化を生み出すには、何をするかだけではなく、何をどうやるかが決定的に重要で、仕上がりを左右する。

さらに欲を言えば、国文祭準備過程と本番を通じて、文化や芸術のみならず、観光や教育をはじめとする、秋田の将来全体に資する何かを生み出したい。

手前みそになりかねないことを恐れつつ、2年後の本番まで折に触れて準備状況などを本欄でご報告し、国文祭へのご理解、ご参加をお願いしていくことをお許しいただきたい。

（2012・11・21）

借り物の時間

尖閣やら政局やら選挙やらで、日本中が騒然としていたかれこれ1カ月半余り前のこと。ある人物が死去したとの報がひっそりと伝えられた。

この人物が亡くなったのは11月2日で、場所はスイスのローザンヌ。享年95。1917年9月12日、中国人の父とベルギー人の母との間に、中国河南省でこの世に生を受けた。本名は周光瑚で、エリザベス・コンバーという英国名も持つ。

ここまで書いたことで、文学や映画に詳しい方は、すでに誰のことかお分かりになったかもしれない。そう、この人物の名はハン・スーイン。映画「慕情」の原作となった自伝的小説を書いた作家として知られる。

エキゾチックな美貌の小説家。医師としても名をはせた。生涯を通じて華やかにしてスキャンダラスな恋愛を繰り返し、結婚も3度した。

しかし、何よりも彼女の存在を決定的にしたのは、「慕情」の舞台となった香港と、そこに生きる人々を、「借り物の土地、借り物の時間」という、見事な表現で描いてみせたことによる。

彼女がこの世を去った今、筆者はこの名ぜりふ、とりわけ「借り物の時間」を、茫《ぼう》然《ぜん》かつ忸怩《じくじ》たる思いでかみしめている。いったい自分たちが生きている、現代という時代はなんなのだろう、と。

私事で恐縮だが、筆者は現在、第1次大戦で敗戦国となり、帝政から共和制に転じ、その後一転して一党独裁の国家となった第2次世界大戦前後のドイツを舞台に、小説を執筆中である。

当時のドイツ共和国の基盤となったワイマール憲法は、史上最も民主的な憲法とされ、太平洋戦争敗北後に制定された日本国憲法のモデルになったともいわれている。

この憲法をいただく1920年代のドイツ共和国は、人権が十二分に保障され、魅惑的にして享楽的、自由にして奔放、高邁《こうまい》な理想と救い難い堕落が混在する社会であった。とりわけ芸術の花が絢爛《けんらん》として咲き誇り、その果実は1世紀近い時空を隔てた今も、芸術や哲学などに大きな影響を及ぼしている。

エーリッヒ・ケストナー、オスワルド・シュペングラー、ベルトルート・ブレヒト、アーノルド・シェーンベルク、ウィルヘルム・フルトヴェングラー、そしてマレーネ・ディートリッヒ。

小説、作曲、演劇、指揮、そして俳優。いずれも歴史に名を残す巨大な存在だが、彼らは皆、この時代のワイマール共和国から羽ばたいた芸術家たちである。

後にパブロ・ピカソの抽象技法の源流となったハナ・ヘッヒ。そしてあの時期の日本の小説家や思想家の人生までも左右したダダイズム。いずれも現代に至るまで、芸術や思想の世界にその名残を見いだすことができる。

しかし、ワイマール共和国は長続きしなかった。少数政党の乱立が起きやすい選挙制度により政権は複数政党の連立となり、政策がぶれやすく、極左や極右、例えばナチス党などの台頭を許して滅亡した。

もちろん、現代の日本がそのまま当てはまるわけではない。しかし、小選挙区制と比例代表制で国を運営しようとしている現状を見るにつけて、本当にこれでいいのかと思ってしまうのは筆者だけだろうか。

目指した二大政党制とは裏腹に、極端から極端にぶれる選挙結果。白か黒しかなくて、その間のいろいろな濃淡が無視される半面、雨後のたけのこのように政党が乱立し、そのいずれもが代わり映えのしない政策しか提示できない現実。

ハン・スーインが残した「借り物の時間」という名ぜりふをむなしく実感する日々。

ワイマール共和国のような百花繚乱《りょうらん》も期待できない現状で、私たちは何を目指して生きたらいいのだろうか。

（2012・12・22）

砂の海の戦い

昨年末から晦日《みそか》も正月もない状態で、さる1月16日夜、2週間余り遅い屠蘇《とそ》酒を飲んだ。一人正月を楽しみながら、テレビのスイッチを入れる。折しも夜9時のニュースが始まろうとしていた時間である。

番組開始直後、疲弊し切っていた脳のある部分だけがいきなり活性化した。テレビ画面の中のキャスターが、遠いサハラ砂漠の深奥で発生した事件を告げていた。

アルジェリアとリビアの国境からほんの30キロほど西。そこに広がる砂の海の真っただ中に突如出現した滑走路。ハニカム（蜂の巣）状に穴がうがたれた鉄板を敷き詰めた、軍仕様の急造施設である。

その脇に無数のテント。テント村の一角に出現した一夜だけの酒場に、砂まみれの男たちが群がっている。暗い天空に散らばる星くずの下、英語、フランス語、ドイツ語、スペイン語が飛び交い、時折日本語が交じる。

1990年1月初め、筆者はこの場違いな雑踏の中にいた。当時世界一過酷なラリーといわれたパリ・ダカールラリーを全コース取材する目的で、無謀にも無改造の四輪駆動車で、選手たちと同じコースを走っていたのだ。

急造滑走路はラリーの主催者や救急医療関係者などを乗せて移動する、輸送機を発着させるためのもの。イスラム圏サハラのど真ん中に出現したバーは、一夜で周辺の村の住人全員が、1年間生活できるほどのカネを稼ぐ。

あの頃のパリ・ダカールラリー、通称パリダカは年々規模が拡大していた。筆者が取材した年は、主催者側スタッフや選手、参加車のメンテナンスを担当するメカニックなど、総勢2千人を超す人間が毎日車や飛行機で移動し、夜ごとサハラのどこかに巨大キャンプが出現した。

眼前のテレビ画面に繰り広げられているイスラム武装勢力絡みの事件は、記憶に残るあの地域の状況と、ほぼ完全に一致する。当時あの地域では欧米諸国（旧ソ連含む）や日本のエネルギー関連企業が、ウラン鉱脈や石油、天然ガスなどの採掘を目指してしのぎを削っていた。

一夜明けた17日。新聞各紙の1面に展開する事件関連の報道を見て、やっぱりと思った。前夜は明らかにされなかった事件の現場の地名が、新聞で報じられていたからだ。

イナメナス。車の性能と運転技術の差を埋めるべく、レース仕様で最速のプロトタイプ車の出走より4時間以上早く、翌朝午前3時に走りだした、紛れもなくあの場所だ。古いデータノートを見ると、

《北緯28度2分、東経9度34秒、標高550メートル。近くに透明な水が湧くオアシスがあり、周辺には低い山が連なっている。》

と記してある。緯度や経度は地図に記されたものを書いただけだろう。標高は高度計で計測した数字のはずだ。

それにしても、と思う。同じ砂の海の戦いでも、パリダカには夢があった。一方、マリ共和国の内戦に端を発するイスラム過激派と関係国政府の戦いは、ただただ凄惨《せいさん》である。

世界一広大なサハラは過酷な場所だ。そこに住む住民も世界一貧しい。だが、所々に、これが同じサハラかと思いたくなるような豊潤な場所もある。今回の現場からさほど遠からぬ、ビルマ砂漠のオアシスなどは、豊富な湧き水としたたるような緑に包まれた桃源郷である。

過激派は、そのサハラの過酷と豊潤につけ込んだ。外界の繁栄から取り残された住民を誘い込み、豊潤なオアシスを占拠して水や食糧の心配なしに戦いを挑んでいる。はるかなサハラの夜を思い浮かべながら、この戦いに巻き込まれた人々の、一日も早い帰還を願う。

（2013・1・19）

中嶋嶺雄先生をしのぶ

さる2月14日午後10時26分、国際教養大学学長の中嶋嶺雄先生が急逝された。18日、お身内のみで葬儀を済まされた後、関係者の一人としてなのだろうか、大学から直接電話でご連絡をいただき、足元が沈み込むような驚きと悲しみを覚えた。

誠に無念の極みで、いまだ信じ難い思いである。20年近くにわたりご厚誼《こうぎ》をいただいた個人としてはもちろん、秋田県、ひいては日本全体としても、社会学界や教育界、論壇に占める先生の存在の大きさを考えた時、その損失は計り知れないものがある。

すでに現代中国研究の第一人者、あるいは論壇の重鎮であった先生に、駆け出しの作家にすぎなかった筆者が初めてお目にかかったのは1993年。あるパーティー会場でのことであった。

当時担当してくれていたベテラン編集者が「いま君が書こうとしている中国舞台の作品なら、一度は中嶋先生にお目にかかっておいたほうがいい」と言って、筆者を会場に連れていってくれたのだ。

新参者の筆者に対して、先生はあくまでも丁寧かつ懇切に対応してくださった。たまたまこの時期筆者は、婦人運動の先駆けである伊藤野枝と、ダダイズムの巨匠と言われた作家辻潤の間に生まれた、作家にして画家の辻まことの評伝を「婦人公論」誌上で連載中であった。

問われるままにそのことをお話しすると、先生はうれしそうに笑われて、「ならばあなた、もう串田孫一先生には会われたの？」と筆者に質問された。実のところ全く偶然なのだが、このおよそ1週間ほど前、筆者は武蔵野の一角にある、高名な詩人串田孫一の瀟洒《しょうしゃ》なお宅にお邪魔し、辻まことについての取材を済ませたばかりだったのだ。

串田は、現代詩界の中核的な存在である「歴程」同人で、とりわけ山などの自然をテーマにした詩やエッセーをたくさん書いていた。生前同じ大自然をテーマに創作活動を続け、山の画文集などで絶大な人気があった辻も、同じ「歴程」のメンバーだった。

中嶋先生が東京外語大学の入試を受けられた時、最後の面接で、なぜ君は本学を志望したのかと問われて、「串田先生がおられるから」と答えたという逸話も、この時に教えていただいた。串田は東京市芝区（現・港区）の生まれで、父は三菱銀行会長を務めたという名家の出身。中嶋先生が東京外語大学を目指した当時、詩人としての活動を続けながら東外大教授として教鞭《きょうべん》を執っていたのだ。

長野県松本市出身で、物心ついた時から山と向き合って育ち、高校までを山国の信州で過ごした中嶋先生にとって、雄大な自然を端正な詩や文章で描き続けている串田は単なる教師という以上に親しみを覚え、かつ尊敬する存在だったのだろう。

とはいえ、中嶋嶺雄という一個の学者としての一生を振り返った時、その優雅な感性とはまた別の壮絶な生き方に圧倒される。大学時代、当時の生真面目な若者の例に漏れず、マルキシズムに傾倒して学生運動に没頭。60年安保を闘った後、卒業後も学生運動の経験を生かした生き方をしたいとして左翼系研究所に就職している。

そうした生き方に疑問を持ったのは、専門のステージでもある中国の独裁的なありさまであった。文化大革命の経緯などもあり、１９６０年代末にマルキシズムと決別した。

中嶋先生の一生を見渡す時、いかなる時点でも自らの損得や保身とは無縁で、ひたすらなすべきことを実行してこられたことに心を打たれる。大学としては新参の国際教養大学の今日の隆盛は、まさにその結実だろう。底知れぬ喪失感を覚えつつ、先生の御霊《みたま》の前に深く頭《こうべ》を垂れて、ご冥福をお祈りする。

（2013・2・22）

戦争とメディア

僭越ながら筆者は一応、戦前の生まれである。しかし、物心ついた時はすでに戦後だった。だから、明確な形での戦争の記憶はない。

終戦の年の夏、碧空《へきくう》を西に向かって飛ぶ一群の飛行機を見上げて、近所の母さんたちが手拭いを振りながら、「がんばってけれよう」と叫んでいたことをかすかに覚えている。それが唯一、記憶に残る戦時中の出来事である。

終戦直後の昭和23年、父母に連れられて東京に行った時は、ボロをまとった子供たちが、駅の地下道に群れていた。それも戦争の記憶と言えば言えるかもしれないが、彼らのように自らが直接体験したことではない。

その後何年もの時が流れ、母さんたちが激励していた飛行機は、実は土崎港を爆撃に行く途中の米軍機だったことを知った。

当時は敗戦直前まで、日本のほぼ全てのメディアが「一億火の玉となって戦争継続」を訴えていたのだから、母さんたちが敵機を日本軍の飛行機と思ったのも無理はない。

ぎりぎり戦前生まれの筆者の記憶すらこの程度のものだ。だから、現在社会の中核を担っている方々の大半にとっては、戦争を直接わが身に関わることと思えないのも、ある意味当然だろう。尖閣絡みの日中対立についても、それを直ちに戦争に結び付けて考える日本人はさほど多くないはずだ。

一方、目を中国側に転ずるとかなり様子が異なる。ネット上では、いまにも戦争が始まるかのごとき文言が飛び交い、中には思わず、ナニコレと言いたくなるような過激な発言も珍しくなかった。そうした発言をたしなめる書き込みも多少はあった。だがそれは、いわば主戦論ともいえる意見の奔流の中に埋没していた。

それが最近、雲行きが変わってきた。さる3月13日、国務院直轄の外文局が運営するニュースサイト「中国網」（チャイナネット）が、次のような内容の記事を配信したと、複数のネットメディアが報じている。

いずれも最近の中国メディアのありように関わる要人の発言で、メディアはミスリードによって日中の対立を戦争に追いやろうとしている、と批判したという。

発言した要人の一人は、人民解放軍総後勤部政治委員にして中国人民代表大会（全人代）代表の劉源上将（大将）。劉上将の発言の要旨は「（人民解放軍は）命令を受ければ戦争するし、するからにはかならず勝利する。しかし別の手段で解決できる状況なら、あえて極端な暴力を用いる必要はない」というもの。劉上将は、１９６０年代の中国国家主席劉少奇氏の子息である。

もう一人の要人は、中国全国政治協商会議委員の張蘊嶺氏で、「中国メディアが自国の有利な材料ばかりを宣伝することによって、そんなに有利なら強硬になった方がよいと、世論をミスリードしている」と述べたとされる。

外文局が運営する中国網は政府の広報メディアである。尖閣問題が発生した後、それがこのような内容の記事を配信したのは、おそらく初めてであろう。

ネット上を飛び交う匿名あるいは偽名の無責任な発言ではない。軍および政財界の中枢にいる人物の発言を、政府広報ネットメディアが配信したことの意味は大きい。

時あたかも中国の政治体制が胡錦濤体制から習近平体制に移行した直後。そのことを考え併せると、この報道を何らかのサインと見なすこともできなくはないだろう。洋の東西、あるいは時代を問わず、非常時にはメディアと体制の距離が縮まり、平時はそれが広がる。まして戦争という極端な非常時には、いかなる国家でも体制とメディアは接近する。昨今の日中関係がきな臭かっただけに、このたびの中国側メディアの報道には強く興味を引かれた。

（2013・3・23）

言論・表現の自由の重み

去る4月18日、柄にもなく筆者が委員長を仰せつかっている獄中作家・人権委員会と国際委員会を窓口にして、日本ペンクラブは一人の客人をお招きした。客人の名はマ・ティーダさん。

1966年、ミャンマーの旧首都ヤンゴン生まれの47歳。もともとは外科医だが、作家にしてジャーナリストでもある。早くからアウン・サン・スー・チーさんらの軍事独裁反対運動に参加、民主化を主導する雑誌編集に携わる傍ら、貧困者の無料病院活動などを推進した。

数少ない女性活動家としてアウン・サン・スー・チーさんの右腕的存在となり、独裁政権の熾烈《しれつ》な弾圧に立ち向かった。93年逮捕起訴され、非合法文書頒布で5年、非合法組織に加盟したことで5年、出版法違反の文書を作成した疑いで5年、その文書を配布したとして5年、合計20年の懲役刑に処されて服役した。

獄中の生活は過酷で、マ・ティーダさんは結核などの病にかかり、一時は体重が30キロすれすれまで痩せ衰えた。

その事実を知ったアムネスティやペンクラブなどを中心に、国際的な釈放運動が展開された。微力ながら日本ペンクラブも釈放運動に関わり、90年代半ば以降、当時獄中作家委員会副委員長の任にあった、故芝生瑞和氏が再三にわたってミャンマーを訪れ、軍政当局と掛け合った。

各方面の努力がようやく実り、マ・ティーダさんは99年2月、刑期を繰り上げて釈放され、活動の現場に戻ることができた。

苛烈《かれつ》ともいえる経歴の持ち主なのに、マ・ティーダさんは小柄できゃしゃ、終始笑顔を絶やさない、ごく普通のおばさんだった。そんな彼女を囲んでのミニ・シンポジウムは、日頃その恩恵を最大限に被っているわたしたち作家やジャーナリストに、言論と表現の自由というものの重みを、あらためて実感させるものとなった。

必ずしも万全とはいえないものの、今や私たち日本人にとって言論表現の自由は、あたかも空気や水のように、あって当たり前のものになっている。

そんな環境とは対極の、日々想像を絶する状況の中、権力に正面から歯向かうということ。とりわけジャーナリストとして独裁政権当局が最も嫌がる言論・表現の自由を求めて戦うということの現実についてマ・ティーダさんは「むしろ滑稽なことの方が多いのですよ。民主化が進んだといわれる今もその後遺症はあります」と、余裕あふれる笑みをたたえつつ話してくれた。

「厳しい弾圧の中、民主化運動に関わった作家やジャーナリストは書く機会を完全に奪われ、名前がメディアに登場することはありませんでした。そういう人は、亡くなっても死亡広告すら出せなかったのです」

２００７年以降民主化が進んだが、出版物に対する事前検閲は残り、週刊誌なども予定稿の提出が義務づけられ、当局の気にいらない原稿は何度も書き直しを命ぜられた。

そうした検閲は12年に廃止された。しかしマ・ティーダさんは「それは国際社会に対するポーズのようなもの」だという。今なお多くのメディアは軍事政権関係者が所有し、実質的には官営メディアと言ってもいい、と。

かつて日本でも多くの民間メディアが実質的に官営メディア化し、国家を滅亡の瀬戸際に導いた時代があった。そうした国や軍の方針に反する言動を吐いた者は、非国民呼ばわりされ、中には命を落とした者もいる。一口に言論・表現の自由というが、それを実現することの大変さと重みを、あらためて考えさせられたイベントであった。

（2013・4・22）

事実と真実のはざま

箴言《しんげん》として取り上げるにはいささか下品だが、選挙絡みでよく使われるちまたの言葉に、「猿は木から落ちても猿だが、政治家は落ちるとただの人」という後言がある。

従軍慰安婦についての大阪市長発言をめぐる騒ぎを見て、この言葉を思い出した。

もちろん、かの市長が選挙に落ちてただの人になったわけではない。

あえて言えば筆者は、弁護士として、あるいはタレントとしての橋下氏は嫌いではなかった。歯切れのいい言葉で世相を語り、自らを安全地帯に置かず、本音に近い物言いで政治や経済、外交を切りまくった。

しかし、である。現在彼は政治家だ。ただの人ではないのである。家族や親しい友人の前ならいざしらず、公の場で本音を吐いたら何が起きるかぐらいは、わきまえていなければならない立場にある。

政治家たるべき人物に必要な資質として、よく言われるのは胆力と人格、そして、それを支える教養だ。

浅学非才の口舌の徒にすぎない筆者が、柄にもなくこんなことを述べるのは、まさに僭越《せんえつ》の極みである。それを承知の上であえて言わせてもらえば、われわれ端《はな》からただの人はともかく、政治家たる人が身に付けるべき資質の一つに、事実と真実を識別する能力があると思う。

ただの人なら、事実と真実をごちゃ混ぜにして話したり、行動したりしてもご愛《あい》嬌《きょう》で済む。だが、木の上にいる猿ならぬ政治家はそうはいかない。ちなみに「事実」と「真実」を辞書で引いてみるとこうなる。

事実＝実際に起こった事柄。現実に存在する事柄。哲学で、ある時、ある所に経験的所与として見いだされる存在または出来事。論理的必然性を持たず、他のあり方にもなりうるものとして規定される。

真実＝うそ偽りのないこと。本当のこと。仏教語として、絶対の真理。

以上は、大辞泉（小学館）に載っている説明の一部を抜粋したものである。実に簡易にして平明な説明だ。なのにそれでもなお、分かるようで分からない感じがするのは、このように見なす主体がどの辺りにあるのか、筆者のような凡人には理解しにくいからだろう。

こじつけに近いが、これを分かりやすくする方法がある。それぞれの下に「と思う」いう字句を置いてみよう。

事実＝実際に起こった事柄と思う。現実に存在することと思う。哲学で、ある時、ある所に経験的所与として見いだされる存在または出来事と思う。論理的必然性を持たず、他のあり方にもなりうるものとして規定されると思う。

真実＝うそ偽りのないことだと思う。本当のことだと思う。仏教語として、絶対の真理と思う。

ここで「と思う」主体は、自分、あるいはその集合体である組織や団体、地域社会、国家などだ。意外なのは、客観的であるはずだと思っていた事実なる概念が、実は相当いいかげんで融通無碍《むげ》なものであり、人間社会の実態を映しているものだということである。

一方、真実は、実に力強いが独善的に見える。自分がそう思うのは自由だが、他の人にまでそれを強制すると、その場あるいはその社会、国家は結構危険な状態に陥る可能性がある。

国と国、あるいは民族と民族、もしくは異なる宗教同士が、真実を盾にとって議論するとどうなるかは、この粗雑にして乱暴な論理の組み立てでも分かるだろう。まして政治家は、事実と真実のはざまで生息することを運命づけられている存在で、本音、すなわち自らの内なる真実のみを声高に言い立てて論争してはいけない立場なのだ。大阪市長には、何か言いたくなったら、「それを言ったらおしまいよ」という、あの人の言葉を思い起こしてもらいたい。

（2013・5・22）

タブー崩壊の行く手

1990年代初頭から今日まで、やれ世紀末だ、やれ新世紀到来だと、不安と期待がない交ぜになった気持ちを抱きつつ生きて、早くも四半世紀近い歳月が流れた。

あえて理屈をこねれば、世紀の変わり目といえども、時間の流れにはなんの変化もないはずだ。なのになぜわたしたちは、この時期になにがしかの変化を待望するのだろう。

それでいて実際に変化が起きているのも、不思議といえば不思議である。たとえば19世紀末、若いインテリゲンチアを筆頭にマルキシズムが吹き荒れた。20世紀初頭にはそれが革命という行動につながり、1922年、初の社会主義国ソビエト連邦が誕生した。

これをきっかけにして、20世紀前半には地球上の半分近くを社会主義国家がカバーした。この間長らく世界の覇権を握っていた大英帝国が衰退、20世紀後半は新生ソビエト連邦とアメリカ合衆国が覇権を競った。

世紀末の91年、ソビエト連邦が崩壊。その影響下にあった社会主義国家の大半も地球上から姿を消した。

こうした変化は、当然ながらその時代を生きた人々の暮らしや文化などにも影響を与えた。19世紀末の欧米では、世紀末という言葉自体が独立し、その時代の世相を表すものとして現代まで生き続けている。

英語のディケィデントすなわち世紀末は、日本でも外来語デカダントとして定着。世紀末から転じて堕落や頽廃《たいはい》を意味し、デカダン派という文筆や演劇、絵画などの芸術傾向を表す言葉としても生き続けている。

そして今につながる21世紀初頭。この10年余り、わたしたちの周辺で起きた文化的変化の一部にタブーの崩壊がある。具体的例としては、なによりもまずメディアにおける皇室タブー崩壊を挙げねばならないだろう。

これには前例がある。20世紀後半、日本より一足早く王室と一般社会の垣根を取り除いたヨーロッパでは、王室や貴族が芸能人などと同レベルの取材対象になり、スキャンダラスな報道や扱いが珍しくなくなった。20世紀末、それが日本にも波及し、少なからぬメディアが、皇室報道に当たってのたしなみや慎みを捨て去った。

皇太子妃をめぐる昨今の報道合戦などはほとんど人権無視に近く、相手が一般人なら名誉棄損《きそん》で訴えられても仕方がないような状況すら散見される。

わたしたち庶民レベルにも、いくつかのタブー崩壊が認められる。まずそれは世紀末の女性の「性」の扱いから始まった。かつて女性の「性」はいわば秘め事であり、人前であからさまに話すのは慎みに欠けることとされてきた。

それがいまや個人レベルをはるか超えて、熟年女性と呼ばれる大人の女性読者対象の雑誌までが、生々しい体験を語り合う対談を掲載したり、時にはその手の器具の使い方の特集を組んだりしている。

それに触発されたのかどうかは分からないが、熟年男性を対象とするいわゆる親父《おやじ》系週刊誌が、「還暦後のセックス」「死ぬまでセックス」などと銘打ってこと細かに作法や技術を伝授、部数拡大につなげている。

ほんのひと昔前までこれらはすぐれて個人的な問題、関心事であり、好事家といわれる一握りの人々を対象としたメディア以外、公の場にさらされることはまずなかった。

デカダン派の小説や映像、あるいは春画なども、あくまでも個人ないし少数の人々にひそやかな楽しみを与える存在であり、酒席などの猥談《わいだん》も、気心の知れた者同士のみに許される笑いの世界のたしなみだった。

こうしたタブーの崩壊は、表現や言論の自由のたまものという側面でもある。問題は、こうしたタブー崩壊が、今後の人間社会にどんな影響をもたらすのか分からないという点にあり、笑い飛ばしてすむことかどうか、浅学な筆者には判断できないのがつらい。

（2013・6・25）

国文祭準備報告

物書きとしてデビューして、はや33年目の夏を迎えた。この間、ひたすら歴史の裏街道を歩き続け、浅学なりに経験を積んできた。なのに今更ながらというべきなのかもしれないが、自らの無知蒙昧《もうまい》ぶりにがくぜんとしている。

きっかけとなったのが、来年秋に本県で開催される第29回国民文化祭の準備段階で、物書きの立場からお手伝いし始めたことである。文化などと大上段に振りかぶってしまうといかにもだが、要は折々の地域の日常こそが文化なのだ。地域の今を知らなければ、過去の伝統文化や未来を語ることはできない。

県内各地域に伝えられている伝統芸能への知識が浅薄なのは、ある程度ご寛容いただくしかない。だが、目下現役でバリバリ活動しているミュージシャンやバレリーナ、クラシック畑の演奏家など、今を盛りの方々に関する知識と認識が足りないというのは、自らの立場に照らせば言語道断と言わざるを得ない。

幸いにして、一緒に作業している県庁職員やそれぞれの分野の専門家の方々が、完璧にカバーしておられることが、自分にとってせめてもの救いになっている。

似たような思いをしたことが、物書きになる前もあった。週刊誌編集者として雑誌作りに携わっていた当時、ある時点で芸能週刊誌のデスクを務めることになった。それまでの仕事が、若者文化の最先端を行く雑誌の編集だったので、芸能界何するものぞと高をくくって着任した。

その鼻柱をへし折られたのは、部下の記者と連れだって美空ひばりさんのインタビューに赴いた時のことである。横浜の高台にあるひばりさんの家、通称ひばり御殿で担当記者、カメラマンともどもひばりさんと対峙《たいじ》した。

正面にひばりさん、向かって右隣に母親が座っている。新米のデスクとしてまず筆者があいさつし、それに対して母親がねぎらいの言葉を掛けた。

これがひばりさんをインタビューする時の儀式で、続いて一問一答が始まった。何度かのやりとりを経て気付いたことがある。当方の質問に対して、ひばりさんが直接答えることは一切ないのだ。

記者がひばりさんに質問しても、答えるのは母親。時に母親が確認するようにひばりさんの顔を見ることはあっても、ひばりさんが直接答えることはまずない。このスタイルが徹底していた。

ある時点で、ひばりさん自身の身辺、具体的には彼女の男性との交友にまつわる質問が発せられた。この時も間髪を入れず母親が答えた。

「ただの仲のいいお友だちで、あんたたちが考えるような関係ではないのよ」

質問した記者が振り向いて、背後に下がってやりとりを聞いていた私にささやきかけた。「カラスは当事者じゃないんだから、本人に聞かず答えるのはおかしいんですけどね」

私は一瞬、何のことか分からず大きな声で聞き返した。「カラスが当事者じゃないって、どういう意味だ」

記者が仰天した表情で私を見つめた。カメラマンが慌てて、その場を取り繕うようにシャッターを切った。母親がじろりと私を見た。ひばりさん自身は、何事もなかったかのように相変わらず無言のままだ。記者が腰を浮かせ、目配せして私を部屋の外に連れ出した。

「だめじゃないですか。カラスってのはお母さんのことですよ。色が黒くて声が良くないから、美空ひばりさんの母親の美空カラス。芸能界の常識です」

国文祭開会式の出演候補者の名前を見つめながら、筆者は自らの地域に関する無知にほぞをかみ、地域の今を知らないまま準備に取り組んだことを反省しつつ、にわか勉強を続けている。

（2013・7・27）

水との付き合い方

水との付き合い方と題して愚見を述べるに当たり、先ごろ発生した仙北市田沢湖田沢の土石流で犠牲になられた方々と、被災された地域の方々に、心からお悔やみとお見舞いを申し上げる。突発的な集中豪雨という自然の猛威を前にして、あらためて人間の力の限界を見せつけられ、粛然たる思いにとらわれている。

これとは別次元の話になるが、猛暑と豪雨という極端な気候と向き合うことになった今夏の日本列島各地で、水の事故が相次いでいる。とりわけ目立つのが、海や川での遊泳中や水遊び絡みの事故だ。

ここから先は筆者自身の記憶に頼った記述で、正確な統計などに基づくものではないことをお断りしておくが、こうした事故の大半は、筆者ががんぜないころとはかなり様相が異なるような気がする。

筆者は今回豪雨災害に見舞われた仙北市の一角、旧西明寺村で幼少年時代を過ごした。終戦直後の昭和20年代で、遊びといえば夏は近くを流れる桧木内川での川遊び、冬は裏山でのスキーやソリと相場が決まっていた。

川遊びは、田植えが終わる5月の連休明けあたりから旧盆明けの8月下旬まで、文字通り水に漬かりっ放しだった。この間、誰かが溺れかけたとかいうことはあったかもしれないが、いずれも笑い話の範囲内で、命に関わるような事故は皆無だった。

理由ははっきりしている。子供たち、とりわけ小学校上級あたりから上の悪童たちの川についての知識や経験がすごかった。そしてそれが、順送りに下の年代に伝わる仕組みができていた。

いわく、まだ山に雪がある間は川で泳ぐな。

以後も水が冷たいときは、苗を取り払った後の苗代に入って身体を温めながら泳げ。

雨などで増水した後は、水（水位）が引いてもしばらく水温が低いから川に入るな。

「留め」(農業用水取水用の蛇籠)下のトロ場で泳ぎ、対岸との間にある排水口下(流心)には近づくな。

流れが直線状の所は危険。カーブの内側で遊べ。

こうした少年時代の体験が忘れられないのだろう、後年筆者は、川道楽が高じて世界各地、とりわけアラスカを中心とする原始河川での川遊びに熱中し、古希を迎えた今日まで延べ100本以上の川を下ってきた。

川沿いにほとんど人家がなく、急流やチャンネル(枝分かれ状の分流)だらけの原始河川では、一瞬の判断の誤りが時に命に関わる事態を招く。こういう河川を下るときは、原則フロートキャプテンと呼ばれるプロのガイドを雇うことが必須だ。

しかし、アラスカのイリアムナ湖およびカトマイ国立公園周辺の河川(これだけで日本の本州に匹敵する流域面積)に関する限り、筆者はガイドなしの川下りを大目に見てもらっている。長年、毎回100キロ以上にわたる原始河川を事故なしで下ってきた、道楽キャリアを認められてのささやかなご褒美である。

これも少年時代、まだ原始河川に近かった秋田の川で培った経験のたまものだ。とりわけ川遊びにおいて、直線水路沿いは危険で、カーブの内側が安全というのは、世界中どの川にも当てはまる経験則である。

カーブの外側では流心が対岸に激突し、水深も深い。いっぽうカーブの内側は浅く、流れが穏やかである。故に川下りにおいて、前方にカーブが現れたら、早めにカーブの内側に船をもっていくことが肝要である。

こうした視点で、近年増えてきた親水公園などを見てみると、その場所や構造に問題があるものが少なくない。人智を超えた異常気象がもたらす災害対応は専門家の分野だが、海や川での水遊びなど、身近な水との付き合い方については、かつて悪童だった地元の父さん母さん、じっちゃ、ばっちゃの知恵の再確認が必要だと思う。

（2013・8・19）

素人の素朴な疑問

２０２０年五輪の東京招致の決め手の一つになったとされているのが、ブエノスアイレスで開かれた国際オリンピック委員会（ＩＯＣ）総会での安倍晋三首相の発言、「状況はコントロールされている。汚染水による影響は福島第1原発の港湾内の０・３平方キロメートルの範囲内で完全にブロックされている」である。

これに対し、東京電力の山下和彦フェロー（技術顧問）が13日に「予想されるリスクについてはコントロールされている。ただ、想定を超えてしまうことが起きているのは事実。今の状態はコントロールできていないと考えている」と述べ、双方の発言の齟齬《そご》が物議を醸している。

原発事故による汚染水の海への流出をめぐるやりとりだが、事故発生から既に2年半も経過した現在、いまだこんなことで物議を醸すこと自体、異常だと思うのは素人考えにすぎないのだろうか。

これまでの経過を素人的に見立てると、原発事故初期のメルトダウンによる冷却水の漏えい、それに対応する空や陸からの注水、海水注入と続いた揚げ句、地下水も流入。その水を回収したタンクから漏れた汚染水が排水溝伝いに海へ流出し、一部はタンク周辺の土壌にしみ込んで地下水とともに海に流出している可能性がある、という流れになると思う。

こうした現象をどう見なすかが、首相と東電フェローの発言の食い違いを招いていることは、それこそ素人目にも明らかだ。ここでさらに異様なのは、いずれもどう見なすかのやりとりで、いかにしてこの問題を解決するのかという最も根源的な問題が抜け落ちている点だ。

東電側は、福島原発1～4号機の地中を凍土遮水壁で囲んで地下水の流入を防ぎ、汚染水を減らすという方針を掲げているが、これについてもいろいろ異論が飛び交っている。

ここでまた素人考えだが、こんな小手先の対応でいいのかという疑問が湧いてくる。

一企業の対応としては、費用等の問題を考慮すれば、このあたりが限界ということなのかもしれない。しかし、いまさら20年五輪への影響の有無を論じなくても、この程度の対応では解決するはずがないというのが、衆目の一致するところなのではないか。

福島原発の後背地には、阿武隈山地という傾斜が緩やかで緑豊かな丘陵がある。この手の山々は、峻険《しゅんけん》な山岳地帯よりも保水力が豊かであることは、われわれ素人でも知っている。地下水脈も当然多く、原発周辺にもその影響が及んでいるはずだ。

まずはこうした山岳地帯や麓の原発周辺に降る雨などを水源とする地下水を、原発周辺一帯から完全に遮断し、本来のきれいな水のまま海に放出する手段を講ずることが先決なのではないか。

加えて、既に汚染された敷地を含む福島原発全体を遮蔽《しゃへい》物で覆ってしまう。こうすることで、汚染水の新たな発生を極力防ぐことが、将来を見据えた問題解決の第一歩なのではなかろうか。

こう言うと、それこそ素人の妄言だ、天文学的な資金が必要になるという反論が出るだろう。しかし、そこまでやらないと、もぐらたたきのような想定外の現象が将来も続き、状況次第では五輪開催に影響を及ぼすような事態にもなりかねない。

日本は世界屈指の土木技術を持つ。それと原発関連の知識や技術を関連付け、国を挙げての総力戦で対応しなければ、未来に禍根を残しかねない。

必要な資金については、過去2年余りにわたる復興予算のありさま、すなわち被災地から遠く離れた地域での道路や橋、箱物などに流用された愚行を顧みれば、おのずから捻出可能なのではないか。古希を迎えた高齢者の一人として、かような素人じみた疑問を抱かずに済む社会の、一日も早い実現を願う。

（2013・9・18）

秘密保護法案の是非

10月の声を聞き、ようやく秋らしい秋になったと思ったら、前代未聞ともいえる自然災害が踵《きびす》を接して押し寄せてきて、天高く馬肥ゆる秋とは無縁の日々が続いている。メディアの報道も、そうした天変地異にまつわるもので埋め尽くされている。

そんな中、とりわけ筆者のような文筆の徒の間で、ひときわ関心を集めているのが特定秘密保護法案の行方である。

9月上旬の時点で明らかになった当初案は、おおよそ次のような内容であった。
「防衛、外交、安全脅威活動の防止、テロ防止の4分野のうち、特に秘匿すべき情報を各省の大臣らが『特定秘密』に指定。公務員がこれらを外部に漏らした場合、最高懲役10年の刑に処する。特定秘密の具体的な事項については、別表で『安全保障に関する外国政府との交渉』などと個別に提示する」

これに対して、当然ながら筆者らメディアの一角で仕事をする者たちの間ではいろいろな疑念や意見が噴出、激しい議論が沸き起こった。

いわく、「何が秘密に該当するかが判然としない。各省の大臣や官僚の裁量次第で秘密の枠が広がり、範囲拡大に歯止めがかからなくなるのではないか」

「刑罰が重過ぎる。戦前戦中の治安維持法をほうふつとさせる内容だ。うかつに公務員とは接触できなくなる。彼らだって萎縮するのではないか」

「そもそもこんなものが今なぜ必要なのか。言論・表現の自由をうたう憲法に抵触するだろう」

居酒屋などの酒席でも、久しぶりに天下国家にまつわる議論が盛り上がった。日ごろ国会の場での法案審議などには無関心のサラリーマン諸氏の間でも、高い関心を抱く人が少なくないように見受けられた。

これではまずいと思ったのか、今月中旬になって自民、公明の与党間で内容を詰めた結果、▽取材行為が著しく不当な方法と認められない限りは処罰しない▽有識者会議を設け、特定秘密の指定や解除について統一的な運用基準を定める—などの内容で法案を提出することで同意したとされる報道があった。

さらに安倍晋三首相が、閣議の議事録作成を義務付ける方針を表明。公文書管理法改正案が提出されることになった。

これらについてはいずれも当然のことで、いまさらの感が強い。法案が提出された段階では内容のさらなる精査と文言の修正が不可欠だろう。

と、ここまでは筆者の周辺の声を並べてみたが、では筆者自身はどう思うかを述べなければ、無責任のそしりを免れないだろうと思うので、次にそれを簡単に記す。

まず、秘密保護を目的とする法律が必要であるかどうかについてだが、現状のような曖昧な内容では絶対に反対だ。その一方で、歴史の裏面を垣間見ながら仕事をしてきた者として、ある程度の情報管理にまつわる法律は必要だとも思う。

日本のように天然資源に恵まれない国は人間そのものが資源であり、その人間を動かす原動力が情報である。その確保を担保し、漏えいを防ぐ最小限の方策は、経済的にも軍事的にも必要だろうと思うからだ。

1941（昭和16）年に行われた日米交渉などは、その情報の取り扱いが致命傷になった典型といってもいい。日本側の暗号通信は完璧に解読され、相手に手の内を明かしながらの交渉になり、最終的に戦争に引き込まれていった。日本側も米英側の暗号をほぼ完全に解読していたにもかかわらず、である。

仮に特定秘密保護法を制定するならば、法律を運用する側の裁量権を最大限厳しくし、かつ法案成立後、人権侵害や言論の自由に抵触するなどの欠陥が見つかった場合、速やかな改正を可能にするために、できれば3年、最長でも5年の時限立法とすべきだと思う。

（2013・10・23）

東京で国文祭盛り上げ

来年10月4日から11月3日まで、正味1カ月にわたって本県で開催される「第29回国民文化祭・あきた２０１４」の開幕まで既に1年を切った。微力ながら筆者もその準備のお手伝いをしている立場から、本欄でも時折、準備状況について報告させていただいている。

事有るごとに持ち出しているので、「しつこいぞ」というお叱りを承知の上で申し上げるが、国文祭関連の事柄で、現時点で何よりも大切な問題は知名度を上げることだ、と筆者は確信している。

文部科学省と都道府県の共催によって毎年持ち回りで開催されている国文祭は、国民の間で知名度抜群の国体こと国民体育大会に匹敵する大イベントである。なのにこれまで国文祭が、国体ほどの知名度を持ち得なかった最大の理由は、文化祭というイベントの本質がもたらした結果であった。

国体ではさまざまな競技で勝敗を競い、そのプロセスや結果が新聞やテレビで大々的に報じられ、それぞれの地元が熱狂して応援し、盛り上がる。一方、文化の祭典である国文祭で勝敗を競う場面は、小倉百人一首かるた競技や囲碁などごくわずかしかない。

それ故に、国体のような自然発生的な盛り上がりは期待できず、あらゆる機会を捉えて手段を駆使し、地道に告知していくしかない。

とりわけ本紙のような大きな部数のメディアは注目度が高く、国文祭の使い走りを仰せつかっている筆者としては、いささか職権乱用的な後ろめたさを覚えつつも、本紙と読者のご寛容にすがっているわけである。

前置きが長くなったが、秋田国文祭の準備状況についていえば、現状はまずまず順調だと申し上げてもいいと思う。県は今春、当面は国文祭専従ともいえる部局を設置、局長以下担当者たちは、休日返上をいとわず県内外を走り回って精力的に準備を進めてきた。

民間からもそれぞれの分野の先端におられる専門家が参加、日々忌憚《きたん》のない議論を繰り返し、開催するイベントの中身を練り上げている。

前述のような理由から、目下最大の課題である知名度を上げるための国文祭プレイベントも次々と開催されている。その一例といえるのが、来月7日に東京都心で決行される「国文祭秋田銀座パレード」である。

当日正午、皇居にほど近い日比谷公園内の野外音楽堂前に集結。開会式を行った後、午後1時にパレードを開始する。国会通りから外堀通りに入り、数寄屋橋を経て丸の内経由で、出発地点の日比谷公園に戻るというコースを練り歩く。

なまはげ太鼓を先頭に、なまはげ20匹、西馬音内盆踊り40人、県内各地で地域活性化に取り組む「秋田元気ムラ」の一行をはじめ、ドンパンふるさと中仙会などの踊りや民謡などを含む総勢４００人近いパフォーマンスになる。場所は都心中の都心、時は土曜日の午後である。天候という不確定要素もあるが、大きな話題になること間違いなしと思っている。

パレードを可能にしたその裏には、関係者たちの大変な努力があった。先月4日夕、国会議事堂からさほど離れていない場所にある県東京事務所が入ったビルの一室で、国文祭あきた首都圏応援団なる組織が立ち上げられた。

出席した50人ほどの団員を前にして、首都圏県人会連合会会長で応援団世話人代表の高久浩二さんの開会のあいさつの後、事務局副幹事長を務める武内暁さんが、自身が中心となって準備を進めてきたパレードの全容について発表した。

その内容は警視庁などとの折衝や、参加者への根回しなどに奔走した武内さんや県東京事務所などによる官民一体となった努力に裏付けられた、前述のような壮大なものであった。

この拙文を目にされた方々も、この時期首都圏におられるなら、ぜひとも東京の中枢に響きわたるなまはげの雄たけびを聞きにお出ましいただきたい。

（2013・11・24）

人生のドップラー効果

すでに故人となって久しい父から、こんなことを言われたことがある。

「時間の経過は加齢に比例して早くなり、圧縮されて周波数が高くなる。そしてある時点を境に周波数が急速に低くなり、やがて消滅する。人生のドップラー効果だな」

そんなものかと当時は聞き流したが、近年はおやじの言う通りだと納得している。人生における時間の進行は紛れもなくドップラー効果そのものだ。年とともにその間隔が狭まり、気が付いたらピークを過ぎて、周波数の低下と消滅を意識せねばならぬ状況になっている。

今年もはや歳末を迎え、自分がドップラー効果のピークを迎えたのはいつごろのことで、どんな形でだったのかなどと、らちもないことを考え始めていた。そこに突然知り合いの作家が、身をもってそれを具現化したことが報ぜられた。しかも、筆者のような凡人が経験するドップラー効果とは比較にならぬほどのインパクトを伴ってである。

猪瀬直樹氏。言うまでもなく、自らの金銭問題で東京都知事を辞職した作家の猪瀬氏である。

筆者と猪瀬氏との出会いはかれこれ20年ほど前。彼が著書「ミカドの肖像」で大宅壮一ノンフィクション賞を受賞し、作家として一躍、全国区的な存在になった受賞パーティー会場でのことだったと記憶している。

同業者として、また同じノンフィクション系の仕事をしている者として、わたしの方からあいさつをしたのだった。以後しばらくは、何かの集まりなどで顔を合わせたときに言葉を交わす程度の付き合いが続いた。

彼との距離が一気に近くなったのは10年ほど前。前後して大宅壮一ノンフィクション賞の選考委員を仰せつかり、選考会や授賞式、あるいは業界の集まりなどで顔を合わせるようになった。そして時にはその流れの延長線上で、親しい編集者や友人知己などと共に、酒場で忌憚《きたん》のない議論をしたりするような間柄になったのだった。

目下の彼の状態を人生のドップラー効果に照らしていえば、昨年12月に投開票された都知事選での初当選と、今年9月の東京オリンピック招致成功あたりがピーク。今はそれが暗転して、周波数が急速に低くなっていきつつある時期、ということになるのかもしれない。

もちろんこれは、彼自身の人生に対する勘違いと油断、それがもたらした傲慢《ごうまん》のなせる業であって、ドップラー効果などになぞらえて済ませるような問題ではない。猪瀬氏自身が過去に批判してやまなかった政治とカネの問題で、自らが渦中の人になってしまった点については幾重にも反省するべきだろう。

それにしても、と思う。過去、小説家が政治の世界に飛び込んで成功した例の何と少ないことか。場所と時系列を昭和以降の日本国内に絞っても、それは明らかだ。

何をもって成功と見なすかは意見が分かれるが、政治家としての人生をつつがなく終えたという点では、「路傍の石」などの作品で知られ、晩年は文化勲章を授与された山本有三が嚆矢《こうし》だろう。

　逆に失敗例は多過ぎて、ここではとうてい紹介し切れない。閣僚級まで上り詰めての失敗例として、犬養健の名を挙げておく。

　犬養健は1932（昭和7）年の五・一五事件で凶弾に倒れた元首相犬養毅（号・木堂）の息子。大正から昭和初期にかけ、白樺派の影響を受けた作家としていくつかの佳品を世に問うている。30（昭和5）年に衆院選で当選して政界入りし、戦後、吉田内閣の法務大臣として入閣。54（昭和29）年、政財界を揺るがした造船疑獄事件で指揮権を発動して当時の佐藤栄作自民党幹事長の逮捕を阻止、政治史に汚点を残した。

　今回の猪瀬氏の問題は、これと比べれば格段に矮小《わいしょう》だ。彼の作家としての資質と才能を知る者の一人として、早く本業の物書きとして復帰し、残された人生に立ち向かわれることを願ってやまない。


（2013・12・26）

旧日本軍の残置諜者

元陸軍少尉の小野田寛郎さんが今月16日、亡くなった。享年91。小野田さんの訃報に接し、そうか、あれからもう40年もの歳月が流れたのかと、深い感慨にふけったのは、筆者だけではないはずだ。

とはいえ多分それは、筆者のようにある程度の年齢に達した世代が抱く思いなのかもしれない。ベトナム戦争後に生まれた世代にとっては、すでに小野田さんも歴史上の人物で、具体的にはどんな人だったかを知らないという方が多いはずだから。

小野田さんが終戦後29年もの長きにわたる孤独な戦いを終えて、フィリピンのルバング島から帰還したのは1974年3月。マニラ湾口近くのルバング島とほぼ同緯度にある南ベトナムのサイゴン（現ホーチミン）が陥落し、ベトナム戦争に終止符が打たれるほぼ1年前のことである。

こうした時系列的な感慨とは別に、筆者にはもう一つ、「しまった」という思いがある。私事で恐縮だが、ここ3年余りにわたって取り組んできた仕事の総仕上げとして、小野田さんにお話を伺いたいと思っていたからだ。

小野田さんは陸軍中野学校二俣分校で「諜者」、平たく言えばスパイとしての訓練を受け、戦後も現地に残って再起を期す「残置諜者」だった。そんな小野田さんにぜひお目にかかりたいと願っていたのは、次のような理由からである。

いまだ記憶に生々しい東日本大震災発生直後の2011年3月20日からおよそ3週間、筆者はラオス北部の山岳地帯にいた。目的はラオスとベトナムの国境地帯に住む少数民族、モン族の人々から情報を得るためである。

モン族はラオスとベトナム、ビルマ（現ミャンマー）そして中国雲南省南部を含む国境地帯に連なる、海抜2千メートル前後の山々の山中で暮らす山岳民族だ。古来、焼き畑農業を生業としてきたが、20世紀に入ったあたりからアヘンのもととなるケシが盛んに栽培され、ベトナム戦争当時がそのピークであった。

太平洋戦争末期、タイのバンコクに司令部を置く旧日本軍の第18方面軍高級参謀だったある将校が、大戦終結後をにらんで、この山岳地帯に残置諜者を送り込んだ。その数およそ30人。彼らの多くは小野田さんと同じ中野学校の出身者で、戦後はモン族など山岳民族の中に身を沈めた。

彼らの一部は第1次インドシナ戦争（対仏独立戦争）当時、ホー・チ・ミンに率いられたベトナム独立同盟（ベトミン）や、ラオスのラオ・イッサラ（自由ラオス）を支えて、インドシナ3国の独立達成に貢献した。

筆者が書いているのは、彼らをモン族など山岳少数民族の中に送り込んだ第18方面軍高級参謀が主人公の物語である。それが誰かを明記するのは、現時点ではやや時期尚早なのでご容赦いただきたいが、戦後一時期、作家としてベストセラーを連発、その後は国会議員になった人物といえば「ははん」と思われる方も少なくないだろう。

さらにいえば、1961年4月、当時参議院議員だったこの人物は国会が会期中であったにもかかわらず、半ば強引に休暇を取って東南アジアに向かい、サイゴンからラオスのビエンチャンに向かった。ビエンチャン以降の足取りは長い間不明とされ、69年になって、前年の7月20日付で死亡宣言がなされた。

話を元に戻すと、筆者が小野田さんに伺いたかったことは、彼自身が受けた残置諜者としての教育や心得、そしてそれが実際の戦場でどのように機能したかである。

その教育や訓練がどのような結果をもたらしたかは、小野田さんが30年近くも任務を放棄しなかったことからも推し量ることができる。残念ながら小野田さんのお話は伺えなかったが、目下作業中の仕事をきちんと仕上げて、心の中でご報告申し上げることとしたい。

（2014・1・22）

最良の言い訳

国を挙げてのメダル獲得競争などには、日頃ことさら斜に構えている（ようなふりをしている）筆者ですら、気がつくとテレビの前で一喜一憂している。そんなソチ冬季五輪も、この原稿を書いている時点で既に中盤を迎えた。

過大といえるほどの期待を背負って現地に赴きながら、結果として期待に応えられなかった選手。一方、あまり期待されていなかったのに、気がついたら表彰台に立っていた幸せな選手。

そんな彼や彼女たちの涙や笑顔を見るたびに、思わず心の底から「おめでとう」とつぶやいてしまう。

期待に応えられなかった選手には「えらいなあ。おめでとう」。

日頃の努力が五輪という大舞台で花開き、メダル獲得につながった選手には「よかったね、おめでとう」。

テレビ画面に向かって「えらいなあ」とつぶやいた選手には、とりわけ深い共感と尊敬の念をこめて。「よかったね」とつぶやいた選手には、その幸運を招き寄せた人知れぬ努力が報われたことに対して。

いずれにしても、近頃の若い者はすごいなあ、と思ってしまう。とりわけすごいのは、期待という重圧に耐えながら、全力を尽くしてなお及ばなかった選手たちだ。

例えば、おそらく日本選手の中で最も金メダルへの期待が高かったはずのジャンプ女子の高梨沙羅選手。テレビカメラの前に立ち、マイクに向かって淡々とした口調で話した言葉は、「支えてくれた人たちに感謝の気持ちを伝えるためにこの場所に来たので、いいところを見せられなかったのがとても残念です」だった。

あまりにもちゃんとし過ぎていて、筆者のようなあまのじゃくにとっては、つい「若いのにそんなにしゃちほこ張らず、本音を言いなさいよ」と、つっこみを入れたくなるような対応である。

なのに、そういう嫌みな気分が少しも湧いてこなかったのは、これまで彼女がさまざまな場面で、終始一貫言ってきたことの延長線上にあるせりふだったからだ。

現地から伝えられた次のような報道が、さらに筆者を素直にさせた。コーチとして彼女を支えてきた山田いずみさんの前で、高梨選手は競技の直後、「メダルを見せられなくてごめんなさい」と号泣したという。

なのにメディアの前では、さすがに顔色こそ青ざめていたが、毅然《きぜん》として敗者の弁を語り、敗因についてはただの一言も弁解しなかった。

これも現地からの報道によれば、金メダルを懸けて競ったライバルたちの中で、高梨選手は最も風に恵まれなかったという。ソチのジャンプ台は風向きがくるくると変わり、高梨選手の時は1回目も2回目も不利な追い風だったようだ。

彼女だけではない。女子モーグルの上村愛子選手も決勝の3回目に滑った全選手中、最速を記録し、ミスらしいミスもなかったのに、判定ポイントでメダルを逃した。しかし、テレビカメラの前では爽やかに笑って、「満足しています。これがわたしの実力」と言い切った。

失敗してもいいから言い訳だけはするな。子供のころからそうたたきこまれてきたはずなのに、いざそういう局面と向き合うと、例えば筆者のような凡人は言い訳の山を築く。

珍しく繁忙だった年末から新春にかけての一時期、売文業に付きものの締め切りで、担当編集者らに多大の迷惑をかけた折、身内の不幸まで言い訳の材料に使った。

若い世代の腹の据わった謙虚さを目の当たりにして、あらためて思った。最良の言い訳は、言い訳をしないことだ、と。そして、馬齢を重ねた物書きとしては、最後の一冊のタイトルを「言い訳の仕方」にしようとひそかに考えた。

（2014・2・15）

精密なロードマップ不可欠

東京神田の専修大学でさる3月15日、一つのイベントが開催された。筆者も末席の役員として在籍している日本ペンクラブ主催の東京電力福島第1原発関連の催しだった。

大学が休みの土曜日で、どの程度参加者が集まるかを心配しながらの開催だった。いざふたを開けてみると、定員５００人の大教室に立ち見が出るほどの盛況となり、開催する側としてはひとまず胸をなで下ろすことができた。

この日のゲストは菅直人元首相。言わずと知れた福島原発事故当時の内閣総理大臣である。あの事故対応をめぐっては産業界はもとより、新聞やテレビなどのメディアからも、文字通り袋だたき状態にされた当人だ。果たしてどんな話が聞けるかと、筆者も主催者側というより、参加者の一人として興味があった。

結果として、菅氏は自身の対応の問題点に言及することはあっても、弁解じみた言動は一切せず、淡々と当時を振り返って話したので、ある意味ほっとした。何よりもインパクトがあったのは、一国の総理として、最も情報が集まってしかるべき立場にありながら、事故当初しばらくの間は、ほとんど情報が遮断された状態に置かれたことに対する苦衷の弁であった。

そしてあの事故に関しては、状況次第では日本国全体がしばらく立ち直れないような惨状になりかねなかったこと。それを免れることができたのはわずかな幸運、具体的には4号機のプールゲートの構造にあったという話には迫力があった。

日本という国、あるいは東電のように地域独占的な立場にある企業、さらには社会全体の危機対応能力の欠如について、かなり理解できた講演であった。参加者にとって、せっかくの休日の午後を費やす意味があったように思う。

このイベントから2日後の17日、環境省の研究チームが記者会見を行い、世界の温室効果ガスの排出量が現状のまま増え続けると、今後どうなるかというテーマについての報告書が発表された。

この報告書は、IPCC（地球温暖化について世界中で発表された研究成果をまとめる国連機関）が作成した、最新シナリオに基づいて試算されたものだという。温室効果ガス排出がこのまま増え続けた場合、今世紀末には、日本の平均気温が3・5〜

6・4度上昇する。

降雨量も、基準年である1981〜2000年の平均値と比べて9〜16％増える。その結果海面は最大で63センチ上昇するとされる。

海面が63センチ上昇するということは、海抜1メートル以下の土地の大半が水没するということにほかならない。台風などがもたらす高潮でも、フィリピンで昨年起きたような重大な被害があちこちに出現することになる。

そして、財務省が19日発表した2月の貿易統計によると、貿易収支は2月としては過去最大の8003億円の赤字だったという。

元総理の原発事故対応体験談、メディアが報ずる地球温暖化の影響の深刻化、それを数字で裏打ちする化石燃料輸入の増大を示す貿易収支の赤字など、わが国の現状が複雑かつただならぬ状態にあることを、あらためて認識して鳥肌が立った。

原発の是非をめぐって国論を二分する議論が沸き起こる中、政府は原発依存度を可能な限り減らすという、時系列的にも方法論的にもあいまいな脱原発論をちらつかせつつ、再稼働に逃げ込もうとしている。これではいつになっても収拾がつかず、国民の不安を払拭《ふっしょく》することは不可能だ。

今必要なのは国力を維持しつつ、いつ、どういう形で再生可能エネルギーの実用化につなげていくのかという、具体的で精密なロードマップなのではないか。さもないと、現実的な議論をするために必要な土俵など、ついに見つからないように思う。

（2014・3・24）

調査捕鯨と日本人

国際司法裁判所が3月末、南極海における日本の調査捕鯨は国際捕鯨取締条約違反だとする判決を下した。反捕鯨国のオーストラリアが調査捕鯨の中止を求めて提訴していた。日本の内外からは判決に対して、さまざまな反応が出ている。

政府内では調査捕鯨の継続を目指す農林水産省と、中止を求める外務省が対立していることをメディアが報じた。その一方で、衆院農林水産委員会が政府に継続を求めることを全会一致で議決した、とも伝えられている。

こうした動きを見て、何やら自分たちとはかなり遠い所で、奇妙なことをやっていると感じるのは筆者だけだろうか。確かにある時点、具体的には昭和40年代半ばぐらいまでは、わたしたち日本人にとって鯨肉は身近な存在であった。

鯨の缶詰は、高価な牛肉などにあまり縁のなかった庶民にとって比較的安く手に入る貴重な肉類だった。筆者も子供のころ、脂身を紅色に染めたクジラベーコンや尾の身などをしばしば食べた。

肉ばかりではない。鯨油はせっけんやマーガリン、化粧品などの原材料として使われてきたし、肝臓からは肝油、変わったところでは、マッコウクジラの頭部のメロン体という部位の周囲にある繊維束から、テニスのラケットに張られるガットが作られた。

だが近年は、例えばマーガリンはヤシ油など植物性の油から作られるのがほとんどで、大和煮の愛称で売られていた鯨の缶詰も、よほど注意して探さないと手に入らなくなった。

それでもよほどの鯨肉好きは別として、われわれ日本人の食生活が大きく損なわれているという実感はないというのが、国民一般の感覚ではないのか。肉類の輸入が厳しく規制されていた当時と比べれば、とりわけ牛肉などは格段に入手しやすくなっている。

昭和40年代半ばごろまでは、大都市のレストランなどでステーキを食べようとすると、店によっては1万円などという、当時の物価水準では途方もない値段に驚かされた。牛肉輸入の絶対量が厳しく規制され、しかも高額な関税が課されていたからだ。欧米諸国とは異なり、庶民にとって牛肉が高根の花だった時代の日本では、鯨肉は牛肉の貴重な代用品だったともいえたのだ。

それが米国などからの強い圧力で、ある程度自由化が進んだ今は、例えばファミリーレストランなどでは、以前の5分の1程度の値段でステーキを楽しむことができる。

なのにどうして農水省や水産業界は、国際司法裁判所の判決や、国際社会の多数派ともいえる国々の批判に対抗する形で調査捕鯨、さらにはその先の商業捕鯨再開にこだわるのだろうか。

実際に調査捕鯨を行ってきたのは「日本鯨類研究所」という一般財団法人で、調査捕鯨で捕獲した鯨の肉を販売して、調査捕鯨実施や捕鯨の正当性をPRする資金に充ててきた。

関連団体である日本捕鯨協会のホームページでは、「反捕鯨団体の言われなき批判に対する考え方」というタイトルで、次のような説明を行っている。

「世界中の鯨類が捕食する海洋生物の量は、世界の漁業生産量の3～5倍に上ります。また、日本近海において鯨類が、カタクチイワシ、サンマ、スケソウダラなど、漁業の重要魚種を大量に捕食していることが胃内容物調査で明らかになっています。鯨類が大量の魚を捕食していることは事実であり、鯨を間引くことでその分人間が魚を利用できることは間違いありません」

これに対しては「科学的根拠に欠ける」「世界の漁業生産量の3～5倍などという数字は、何を根拠にしているのか」などという批判もあり、必ずしも説得力のあるものとはなっていない。

日本政府の方針としては、国際司法裁判所の裁定を受け入れる方針のようだが、水産業界としても、業界の論理だけで世界の多数意見に立ち向かうのを、そろそろ考え直した方がいいように思える。


（2014・4・26）

国文祭本番へ思い込めて

いきなり私事で恐縮だが、筆者は本来移り気な性格で、若いころからさまざまな道楽に手を染めてきた。中でも釣りは少年時代から延々と関わり続け、つい最近は、日本釣用品工業会が主宰するロイヤルアングラー賞という、釣り道楽をたたえる賞まで頂いた。

だが、この受賞を喜んでいるのは本人だけで、本業の出版業界からは「前々からだが、近ごろの西木は一層本業をなおざりにしていた。なるほど、そういうことだったのか」という冷ややかな声も聞こえてくる。

図星なので甘受しているが、文壇パーティーなどの場で、面と向かって言われた時は黙っていられない。というより半ばしめたと思いつつ、この際だから言わせてもらうと前置きして、こう反論する。

「本業がなおざりになったのは、釣りや盛り場徘徊《はいかい》という従来の道楽のせいばかりではありません。今秋10月4日から11月3日にかけて故郷秋田で開催される、国民文化祭なる祭りにはまってしまったのです。総合プロデューサーなる立場でもあるので、今年に入ってからは本番直前イベントの準備などもあり、小説どころではありません」

実のところ筆者自身は名ばかりの存在で、実務は県のスタッフや、プロ中のプロである音楽家、演出家の力にすがっているだけだ。

たまたま副会長を仰せつかっている日本ペンクラブの定例会や理事会の席では、本来の議題とはおよそ無関係な国文祭の話題を持ち出して、その場にいる名だたる作家や評論家たちをけむに巻く。海外からのジャーナリストや作家を応援する立場を最大限活用して、「近く訪日予定がおありなら、ぜひ10月上旬から11月初めにかけていらしてください。その時期の秋田なら、日本屈指の紅葉を背景に伝統芸能の神髄、あるいは日本の生活文化の原風景に、首まで漬かることができます」と吹聴しまくる。

何とかの一つ覚えのごとく、何はさておいても、秋田で開催される国民文化祭の知名度、認知度を上げたい。そんな思いからの空騒ぎである。

このままでは駄目だと思われたのだろう。首都圏で活躍しておられる秋田出身者が集まって昨秋、「国民文化祭首都圏応援団」なる組織を立ち上げた。

首都圏県人会連合会、県高校同窓会連合会、首都圏懇話会、首都圏文化会議、秋田

ふるさと応援団など実に16団体、行政側からは県東京事務所、秋田市東京事務所などが応援団に名を連ね、およそ考えられる限りの支援態勢の完成である。

そうした支援態勢の下、来る8月4日から10日にかけて「〃カウント60日前〃2014国民文化祭あきた首都圏まつり」を開催することが決定。4日のゲネプロ（イベントや舞台公演に備えて行う通し稽古）を別にして、正味6日間、10回にわたる公演が確定した。

会場は銀座8丁目の博品館劇場。客席数は400人。毎回第1部と第2部という2部構成で、1部は秋田の本番の予告編的な内容。2部は計10回公演で、終戦後間もない秋田の農村を舞台にした日本の原風景的な演劇だ。

第1部の出演者は浅利香津代、内館牧子、橋本五郎、銭谷真美、山谷初男、矢口高雄、佐々木愛ら各氏で、現代日本の文化、芸能、マスメディア、漫画など各界を代表する豪華な顔触れ。西馬音内盆踊りやなまはげなど、秋の本番そのままの催し物も加わる。

2部の舞台公演は脚本内館牧子、演出永島直樹、出演者は山谷初男や三咲順子ら各氏で、現在舞台やテレビ、映画などで活躍中の実力派俳優がずらりと顔をそろえている。

1回300人ほど、合計3千人余りというお客さまを想定し、お一人が家族や友人知人に秋田国文祭についてお話しくだされば、数万人への告知効果があると期待しての直前イベントである。

新たに生まれてくる文化への希望をも託す、国民文化祭本番につながる催しになればと願っている。

（2014・5・21）

地殻変動の可能性

世界の耳目がサッカーのワールドカップに集まっている最中、その間隙《かんげき》を突くように中東の一画がきな臭くなってきた。

イスラム教スンニ派の過激派「イラク・シリアのイスラム国」が、イラクの首都バグダッド制圧を目指して南下。米国の支援で装備などで優位に立っているはずのイラク政府軍が、なすすべもなく敗退を続けている。イラクからの完全撤退を宣言していた米国政府は、対応策をめぐって議会との調整に手間取り、今後の見通しは不透明なままである。

およそ四半世紀前、いわゆる東西冷戦に決着がついて旧ソ連圏が崩壊、米国一極時代の到来がもてはやされた当時、誰が今日のような状況を想像し得たであろうか。

もちろん歴史学者などの中には、世界のヘゲモニー（覇権）の変遷に照らして、いかに強大な米国といえども、いずれは弱体化する時が来るという見通しを立てた碩学《せきがく》もいた。

世間一般の中にも、居酒屋などでの岡目八目談議で確たる根拠もないまま、米国一極時代はそんなに長く続かないという珍説を披歴して、周囲から集中攻撃を受けた者がいた。既にかすみのかなたともいえる昔の話なので、覚えておられる方は皆無だと思うが、筆者は何かの折に本欄で次のような趣旨の見通しならぬ臆測を述べたことがある。

《東西冷戦というイデオロギー対立の時代は終わった。だが、もしかしてわれわれは一層複雑かつ難しい対立の時代を迎えるのではないか。その理由は、イデオロギーの対立はそれがたとえ建前だけの空論であっても一応、論理的な議論ができる。
その軛《くびき》が解けた今、残る対立は民族的あるいは宗教的なものになるのではないか。これはある意味で、イデオロギー対立などよりはるかに危険である。前述のようにイデオロギーに関しては、曲がりなりにも論理的な議論が可能だ。しかし、民族的対立あるいは宗教的対立はほとんどが生存本能に直結していて、理屈をこね回す余地がない》

あまりに乱雑で、きちんとした学問的裏付けなど皆無の筋立てである。しかし、それだけに分かりやすく、少なくとも酔っぱらっている間ぐらいは説得力があり、ごく少数の人の賛同を受けたことを覚えている。

閑話休題。少なくとも過去1世紀を振り返ってみても、米国の時代はそろそろ終わりつつあるのかもしれない。歴史の大転換は、ほんのさりげない萌芽《ほうが》から始まる。その萌芽に、このたびのイラク内戦がなり得るのではないか。

およそ2世紀余りにわたる大英帝国の覇権、すなわちパクス・ブリタニカの終焉《しゅうえん》のきっかけとなったのは、アフリカ大陸南端のオレンジ自由国とトランスバール共和国という、オランダやドイツから入植したボーア人と呼ばれる人たちが住む土地をめぐる紛争であった。

ダイヤモンドや金を豊富に産出するこの地を、隣接する自国領のケープ植民地と併合しようとした大英帝国と、自らの土地を守ろうとしたボーア人との戦い、いわゆるボーア戦争（1899～1902年）である。

大英帝国は勝利したものの、この時の恨みがボーア人の祖国ドイツ帝国との因縁となり、第1次世界大戦につながった。大英帝国はここでも勝利したが、相次ぐ戦争で疲弊し、この時期、漁夫の利を得て経済大国となった米国に覇権が移動した。いわゆるパクス・アメリカーナの時代の到来である。

以来およそ1世紀。ナチス支配下のドイツや、社会主義国の盟主ソ連などの挑戦を退けて覇権を握り続けた米国も、いまや疲弊の色を濃くしている。

現在のイラク情勢は、表面的には同じイスラム教のシーア派とスンニ派の宗派闘争にすぎないかのように見える。しかし、この背後にあるもの、あるいはここで漁夫の利を得る者は誰かが見えてきたとき、世界の地殻変動が起こる可能性があるという見立ては、やはり居酒屋談議の一つにすぎないだろうか。

（2014・6・20）

ラストチャンス

『国民文化祭・あきた２０１４』の企画と実施に携わるチームの末席を与えられて、２年余りになる。この間、国文祭の魅力を実感すると同時に、いくつかの問題点にも遭遇した。

国文祭の魅力については、内館牧子さんが先般本紙で、これ以上無理と思えるほど的確かつ分かりやすく紹介してくださったので、筆者はあえて個人的な視点から問題点と思えることを述べてみたい。

既にあちこちで申し上げてきたので、しつこいとお叱りを受けることを承知の上で、あえて繰り返す。国文祭の唯一にして最大の問題点は知名度の低さである。同じ国と都道府県などの共催なのに、国体こと国民体育大会はあまねくその存在を知られている。

一方の国文祭はどうだろうか。

国文祭を準備するチームに加わって以来、開催県としては先輩に当たる複数の県の国文祭開会式を視察した。いずれも素晴らしい仕上がりで、学ぶところがたくさんあった。

半面、「ナニコレ」と言いたくなる場面にも遭遇した。空港でタクシーに乗り込み、「国民文化祭の開会式会場へ行ってください」と告げると、運転手さんが振り返っていわく、「国民文化祭ですか？ それって何です。どこでやっているんですか」。

後に街頭で市民に問い掛けても、その日、かの地で国文祭開会式が行われたことを知っている人はわずかだった。

がくぜんとしたが、逆にこれで目標ができた。何はさておき知名度を上げること。さもないと、国文祭開催の意味の大半が失われる。

文化庁は、国文祭開催の目的を「地域文化の再発見や継承、地域活性化」と位置付けている。至極もっともで、過去28回開催された国文祭でも、少なくとも地域文化の再発見と継承については成果があったと思う。

問題は地域活性化で、ごく少数の例を別にして、多くの課題が残されたままだと言わざるを得ない。そして、これこそが知名度の低さというマイナス要素の直撃を受けている。

あらためて述べるまでもなく、大都市以外の日本各地で地域の多くが、崩壊ないし消滅の危機にひんしている。例えば、筆者の母校である仙北市立西明寺中学校の在校生の数は現在73人。筆者がお世話になっていた約60年前、各学年2クラスでおよそ100人ずつ、全校で計約300人も在籍していた。

わずか半世紀余りで4分の1に減少した。このペースで減少したら、筆者のひ孫世代以降の生徒数は全校で20人前後となる。これでは地域社会そのものが持たないだろう。

随分前から少子高齢化社会の危機が叫ばれ、若者の地域定着あるいは呼び戻しを狙って企業誘致などの対策が取られてきた。しかし、決め手はまだ見つかっていない。その要因の一つに、地域の持つ文化力をなおざりにしたまま、目先の対策に走ったことがあるのではないかと、筆者は考えている。

何をやっても駄目なときは、まず足元を見詰め直すべきだ。先人が営々と育んできた自らの生活文化。これをさらに磨き上げ、集客の材料にできないか。

私たちが欧州などを旅して、かの地で見たり触れたりするものの大半は、彼らが現実に身を置いている生活文化そのものだ。日本や中国に国内総生産（ＧＤＰ）で抜かれても、眉毛一つ動かさずに悠々としていられるのは、まさにそうした盤石の足元があるからだ。

生活文化が支えているのは観光産業ばかりではない。集まってくる人々が多ければ多いほど、外来文化との接触も増える。この接触が新たな文化の萌芽《ほうが》を促し、ものづくりのきっかけにもなり得る。

外界から多くの人々を呼び込むことができる国文祭は、そのきっかけとなるパワーを内包している。現在筆者たちが血眼になって、首都圏のど真ん中で国文祭プレイベント開催に奔走しているのは、世界屈指のメガロポリス首都圏で秋田国文祭の知名度を上げ、集客につなげたいからにほかならない。今回の秋田の国文祭がラストチャンスと思って頑張るので、ご支援をお願いしたい。

（2014・7・25）

私の焦眉、世界の焦眉

目の前に1年以上刊行が遅れている作品の原稿がある。遅れた表向きの理由は、東南アジアや中国、米国の公文書館などで入手したデータの整理に手間取ったこと。だが理由はそればかりではない。担当編集者から「このごろは焦眉の問題が連続して起きているようですね」と嫌みを言われた。

進行状況を尋ねる編集者からの電話に、焦眉の問題が気になってうんぬんという言い訳を繰り返したらしい。自分としては、実際に焦眉の問題と向き合ってきたつもりだった。

さる8月4日から10日までの1週間、東京銀座8丁目の博品館劇場を、ゲネプロ（初日前日の通し稽古）含みで借り切り、「国民文化祭あきた首都圏まつり」なるイベントの開催を企てた。

目的はただ一つ。来る10月4日から11月3日にかけて、秋田県全域で開催される

「第29回国民文化祭・あきた2014」について、世界屈指のメガロポリスである首都圏の人々に告知すること。焦眉の問題を連発したのは、その準備過程でのことであった。

軽薄で飽きっぽい性格なのに、あることにむきになって取り組むと、途端に視野狭窄《きょうさく》になり、他のことは目に入らなくなる。

この時期、頭の中は目先のイベントや舞台公演のことで満杯の状態だった。これが焦眉の問題の正体で、本業をサボる言い訳を正当化する、葵《あおい》の御紋にもなっていた。とはいえ、この焦眉の問題意識が、何かの役に立ったわけではない。それどころか、筆者が焦眉の問題などとご託を並べている間に、イベントの準備は着々と進み、気が付くと開催にこぎ着けていた。

首都圏在住の秋田ゆかりの人々を中心にして結成された応援団などがパワフルにまとまり、これまでの国文祭とはひと味ちがう文化祭にしようという秋田の方針を、多くの首都圏住民に示すことができた。

会場の博品館劇場には合計2千人を超す人々が来館、秋田文化の神髄に触れていただくことができた。また秋田魁新報をはじめ、全国紙や夕刊紙、週刊誌などの活字メディア、ラジオなどの電波メディアにも数多く取り上げていただき、広く首都圏在住の人々に、「あきた国文祭」について告知することができたと思う。

などと自らは焦眉の問題というお題目を唱えただけで、ぬれ手で粟《あわ》的な成果を得られたことにほくそ笑んでいたら、そんな気分を吹き飛ばすような電話がかかってきた。

電話の主は、およそ15年前、アフリカ中部のウガンダとコンゴの国境地帯にそびえる赤道直下の高峰、標高５１０９メートルのルウェンゾリ山周辺を取材した折に同行したテレビディレクターの友人だった。

「あの時のエボラ騒ぎ、まだ覚えているか」。久しぶりの連絡なのに、友人はあいさつ抜きでいきなり言った。「もちろん」と短く応じながら、あの時のパニック状態を思い出して苦笑した。ナイル川の源流でもあるルウェンゾリ山の麓で取材中、コンゴからの避難民たちと出会った。コンゴで内戦が起こり、国境を越えて避難してきたという。

問題はその翌日に起きた。避難民の中に、致死率が非常に高いエボラ出血熱にかかっている者がいるという。「内乱は毎度のことだから恐ろしくないが、エボラはやばい。即刻撤退しよう」。そう友人がいい、文字通り尻に帆を掛けたような状態で現地から脱出、ウガンダの首都カンパラに逃げ戻った。

「あのエボラが今、西アフリカで急速に拡散している。報道では千人を超す死者が出たという。だがこの数字は当てにならない。実際にはこの何倍もの人が亡くなっている可能性がある。この手の数字は医療システムの恩恵に浴することができる地域のものだからだ。そうした奥地への対策こそが焦眉の問題だな」

受話器からあふれる友人の言葉を聞きながら、身を安全圏に置いて、安易に焦眉の問題を乱発したことをひそかに恥じた。

（2014・8・23）

文化のせめぎ合い

筆者はここしばらく、とりわけ今年に入って以降は、あたかも視野狭窄《きょうさく》に陥ったかのように、繰り返し一つのテーマについて書いた。本紙の読者の広量におすがりして、自らも企画運営の一員として関わってきた国民文化祭に関連した話題を、集中的に取り上げてきた。

おかげさまで本番まで、あと1週間余りというところまでたどり着くことができた。この間、多くの反省もある。その中の一つに、国体こと国民体育大会の圧倒的な知名度に対し、国民文化祭の知名度の低さを、あまりに単純化して嘆いたことがある。

具体的に言うと、国体には全て試合があり、メディアへの露出も圧倒的だ。一方の国文祭には、そうした要素はないに等しい。それがメディアへの登場の足かせとなり、知名度のなさにつながっている。

そのように単純化して信じ込み、メディアや行政にサポートをお願いした。「国民文化祭・あきた2014」の知名度は、過去に例を見ないほど格段に上がった。この点に関して、国文祭の企画運営の末席にいる一人として深く感謝している。

半面、ある時点で自分自身の思慮の浅さ、国文祭の本質を見抜けなかったうかつさに気付いて、ぶぜんとした。

歴史という壮大な土俵の中で時に華やか、また、ある時には、残酷かつ凄惨《せいさん》なせめぎ合いを経て生き残ったのが今、目の前に展開している文化である。

文化祭、とりわけ国文祭のような巨大なイベントは、そうした文化がせめぎ合う格闘技の土俵のようなものだ。その部分をしっかりと押さえた上で、各方面への露出を図るべきであったと思う。

しかし、時既に遅し。勝手に知名度を上げる旗振り役を自任し、多くの方々のお世話になった身としては、本番直前にもかかわらず、「反省猿」になったような気分である。

それはそれとして、一人の国文祭参加者としては、せめて本番開催中、そうした視点で県内各地の多彩なイベントや、出し物を見て回りたいと思っている。

目の前に展開する文化が生成されるまでの先人たちの息遣いと葛藤。あるいは今を生きる若者たちの地平を見るまなざし。文化祭は、過去の栄光と未来の希望や憧憬《しょうけい》がせめぎ合う場である。

反省猿の身でありながら、そう思っただけでわくわくしてくる。もちろん、スポーツのような勝敗を競う面白さ、興奮とは別次元の話だ。

などと、自らのありさまについてあれこれ反省したり、お世話になった方々に感謝したりしつつ、8月下旬から9月上旬の短期間、筆者の視野狭窄ぶりを心配した親しい友人たちに誘われて、釣りざお片手に海外の辺境を旅してきた。

帰国後、たまった新聞を開いてがくぜんとした。そして反射的に、さる6月、本欄に書かせていただいた拙文を思い出し、切り抜き帳を開いてみた。

「地殻変動の可能性」と題して、当時イラク北部を中心に勢力を拡大しつつあった「イスラム国」の動向について、歴史の大転換はほんのさりげない萌芽《ほうが》から始まる、という趣旨の拙文である。

この萌芽は、たった3カ月余りの間に、全世界を震撼《しんかん》させる規模にまで膨張していた。宗教も人類の歴史の中で発芽し、育まれてきた哲学すなわち文化だが、中東の現状は土俵の上の格闘技などといえる上等なものではない。

イスラム圏のみならず、いわゆる先進国といわれる欧米の若者たちをも巻き込んでの、硝煙と血の臭いに満ちた残虐な死の現場である。

あらためて、文化がせめぎ合う国文祭という土俵の上で楽しめる、日本という国のたたずまいを思いつつ、この先、世界はどうなるのだろうという思いにとらわれている。

（2014・9・26）

物情騒然の裏側で

物書きにとって、新聞は必要不可欠である。しかし、仕事が立て込んだり長旅の後などは、目を通したり整理したりする作業に追われて往生する。とりわけこの半年ほどは、本県で現在開かれている国民文化祭絡みの右往左往で、新聞が「積ん読」状態になりがちだった。

ようやくさる10月4日、国文祭の開会式を終え、ひと山越えた感じになったので、ほっとしつつ新聞の山と向き合い、大好きなベタ記事あさりに取り組んだ。

だが直に、そうは問屋が卸さないことが分かってきた。いずれの紙面も物情騒然たる様相で、小説ネタになるようなベタ記事あさりどころではない状況なのだ。

相次ぐ自然災害に加え、国内外の情勢も、先行きがどうなるのか分からない出来事のオンパレードである。そんな中、思わず「なんだこれは」とつぶやいた記事がある。

秋田魁新報10月9日付で「シリア行き『面白そう』」という見出しで報じられてい

るので、目にした読者もおられると思う。

この記事に登場した26歳の若者は、中東の過激派組織「イスラム国」に戦闘員として加わる目的でシリアに行こうとして、「私戦予備・陰謀」容疑があるとされ、警視庁公安部から事情聴取を受けたという。

他紙にも、似たような目的や動機で中東の戦場を目指そうとした、あるいは現実に行ってきた男たちのコメントが紹介されている。

例えば、「戦場にいるのは、敵でも味方でも、戦うことを選んだ人たち。殺すのがいいか悪いか、問うことに意味はない」（11日付朝日新聞）とあり、読んであぜんとした。仕事柄、筆者は過去何度か、戦場あるいは過激派ゲリラの拠点を訪れて取材したことがある。

1980年代末、南米ペルーの山岳地帯を拠点に過激な行動を繰り返すテロ組織「センデロ・ルミノソ（輝ける道）」の拠点に潜入した。

「センデロ・ルミノソ」はアンデス山中の都市アヤクーチョにある「サン・クリストバル・デ・ウアマンガ大学」のアビマエル・グスマン教授が率いていた。先住民族の復権を目指す過激派で、マルクス主義的革命政権の樹立を旗印にしていた。各地の市長や警察署長の首をはね、さらし者にするような残虐行為で、存在自体が恐怖の的になっていた。

彼らへの接触を可能にしたのは、筆者のような無謀なジャーナリストを監視する役割を担うペルー内務省直轄の観光警察ガイドで、政府側とセンデロ・ルミノソ側の双方に顔がきく、ある種の二重スパイ的な男との出会いだった。

彼の手引きで軍用の四輪駆動車と馬を乗り継いでアンデス山中に深く分け入り、高度3千メートル余りの高原で、サボテン林に囲まれた彼らの拠点にたどり着いた。服役中だったグスマン教授に代わって、組織のナンバー2を名乗る男と会うことができた。

「何故に巷間《こうかん》報じられているような残虐行為を行うのか」という筆者の問いに、黒いワッチキャップ（ニット帽）をかぶったメスティーソ（インディオと白人の混血）の男は複雑な表情で答えた。

「本音を言えば、あんなことはやりたくない。法の名の下に、もっと残虐なことをやられているからやり返しているだけだ。正義の闘争の名の下であろうとも、殺し合いが悲惨かつ無益なことは、日々戦っているわれわれ自身が一番よく理解している」

こうした過激派の存在を是認するつもりはないが、彼の言葉は戦場で戦いに従事している者たちのまさに本音だと思う。

これと頼まれてもいないのに、「戦場にいるのは敵でも味方でも、戦うことを選んだ人たち。殺すのがいいか悪いか、問うことに意味はない」と言い切って、ただ自分の不安や存在確認のために戦場を目指す平和国家日本の男たちとの落差は何なのか。

物情騒然は日本人の心の中にもじわじわと広がりつつある。そう感じたのは、国文祭という平和の祭典に取り組み、平和ボケに陥っていた筆者の思い過ごしだろうか。

（2014・10・25）

遠くなった文士と文壇

さる12日、一人の女性がひっそりとこの世を去った。作家司馬遼太郎夫人、福田みどりさんである。彼女の訃報に接し、筆者はしばし腕組みをして宙をにらんだ。

かつて物書きの世界は、文壇と呼ばれた。そこには自称他称はあるものの、文士と呼ばれる作家たちがたむろし、世の読書家や本好きから憧憬《しょうけい》のまなざしで見られていた。それが昨今は、いずれも自然界の絶滅危惧種のような存在になりつつある。そんな流れの中で福田みどりさんは、正真正銘の文士だった司馬さんと、まさに一心同体ともいえる存在であった。

もう1組、司馬さん夫妻と同じ時期、文壇の中枢にあって、自他ともに認める文士夫妻がいた。開高健・牧羊子夫妻である。司馬さんと開高さんは同じ大阪市の出身で、作家として活動したのもほぼ同じ時期である。

年齢は大正12（1923）年生まれの司馬さんが、昭和5（1930）年生まれの開高さんより7歳上。作家として世に出たのは開高さんの方が早かった。開高さんは昭和32年に「裸の王様」で第38回芥川賞を受賞。司馬さんは2年後の34年に「梟《ふくろう》の城」で第42回直木賞を受賞した。

以後2人の活躍は目ざましく、共に文壇を席巻した。筆者が編集者として、彼らと接したのは昭和40年代半ばから後半にかけてである。

当時高名な作家たちからつつがなく原稿を頂くための心得の一つとして、その作家の御内儀《ごないぎ》に自らの存在を認めてもらうということがあった。

メールやファクスという現在と異なり、当時原稿の受け取りは、作家の自宅にお邪魔してという形が基本であった。同時に何本もの連載を抱える作家宅には、新聞や雑誌の担当者が何人も詰めかけて、応接間などでお茶、時には一杯やりながら原稿を待った。待機時間の長短は運任せで、徹夜ということもあった。

その間、面倒を見てくださるのが御内儀である。故に原稿を頂く側としては、間違っても彼女のご機嫌を損ねるようなことのないように気を付けなければならなかった。

出自が同じ大阪というだけではなく、司馬さんと開高さんは家庭環境でも似ていた。司馬さんは産経新聞で、開高さんは寿屋（現サントリー）で同僚だった女性と職場結婚したのも同じである。

しかし、それぞれのお宅にお邪魔した編集者や記者たちの御内儀に対する評価は真逆に分かれた。結婚後しばらくして退職し、司馬さんを支えた福田みどりさんは、穏やかでつつましやかな応対で担当者たちから慕われた。一方の牧羊子さんは、あくまで現役の詩人、作家として存在し続けたので、ややもすれば敬遠されるような立場になった。

開高さんの学生時代からの親友で、同人誌「えんぴつ」の主宰者だった谷沢永一氏に至っては、著書「回想開高健」の中で牧羊子さんを「希代の悪妻」と評している。

だが、開高さんの趣味である釣りなどを通じて、牧羊子さんとも接触する機会の多かった筆者は、こうした評価とはまさに真逆の牧羊子像を目にしている。

派手な言動とは裏腹に繊細だった開高さんが、晩年アルコールに溺れ、口を開くと「文士にとっての栄光はのたれ死にや」と言い、58歳で夭逝《ようせい》したことなども、牧羊子さんが悪妻猛妻呼ばわりされる一因になったのかもしれない。開高さんの死後、牧さんは悲劇的な形で娘を失い、やがて自身も茅ケ崎の自宅で孤独な生涯を閉じた。

国民的作家の名を帯びて生涯を終えた司馬さんと、その誉れを守りつつ静かに旅立った福田みどりさん。対する牧羊子さんは、アルコール漬けで他界した夫の後を、孤独死という形で追った。文壇の残照を対照的な形で浴びていた2人の作家とその妻。選挙絡みの騒擾《そうじょう》を横目にしながら、筆者はあらためて文壇と文士の時代を思った。

（2014・11・25）

戦場が見えなくなった

あっという間に年の瀬である。毎年この時期は、去りゆく年を振り返り、新しい年への展望を語るイベントへの参加や、コラムなどの執筆を仰せつかることが多くなる。筆者は物書きになってこの方、主に歴史の裏街道を徘徊《はいかい》しながら仕事を続けてきた。とりわけ戦争絡みの裏話は、仕事のネタ元として最も大切にしてきた源泉である。良くも悪くも、戦時は人間の本性が極端な形であらわになる場であるからだ。

折しも来年は第2次世界大戦が終わって70年の節目の年だ。そのせいか、この年末にいただいた仕事の大半が戦争絡みである。

よかった。この歳末は楽をできる。

そう高をくくって机に向かったのに、あろうことか突然、呻吟《しんぎん》する羽目に陥った。どうということもない作業なのに、その切り口すら見つからない。

わらにもすがる思いでいくつかの新聞のスクラップに目を通す。その中の戦争関連の記事について、およそ20年ほど前までさかのぼって飛ばし読みした。読んでいるうちに、ある種の違和感にとらわれた。何かが足りない。何だろう。思い立って、古い資料や本などを詰め込んである資料室をひっかき回した。古くはスペイン内戦を報じている米国の報道写真雑誌「ライフ」から、太平洋戦争当時の新聞を戦後にまとめた縮刷版。さらにはベトナム戦争あたりまでの、自分で切りためたスクラップへと目を通した。

数時間をかけての作業を終えて腕を組み、自分のささいな思い込みに気付いて、苦い笑いがせり上がってくるのを止めることができなかった。

時代の変遷に伴い、少なくともこの半世紀近くの間は、それなりの変化があったはずだ。とりわけ、自らが身を置いているマスメディアの世界における最重要事項、すなわち、表現や言論の自由に関しては、国や地域によって差こそあれ、進歩改善があったと思う。

そんな思い込みが、ほんの数時間、過去のメディアを点検しただけで、物の見事にひっくり返された。

目の前にある新聞、あるいはテレビや映画など映像の世界を含めても結果は同じだろうが、少なくとも、戦争にまつわる報道については明らかに半世紀前よりも退歩している。

かつての新聞などメディアに掲載された戦争関連記事には、現場からの報告や写真がふんだんに使われていて臨場感にあふれていた。

一方、昨今の戦争報道はどうか。例えばアフガニスタン、あるいはイラク、そして現在のシリア、ウクライナ、ほとんど内戦状態といってもいいパキスタンの政府軍とタリバンの戦いを告げる記事。

確かに何が起きたかは報じられている。しかしそれは、ほとんどが戦いの事後、あるいは、最前線の現場から離れた場所からの報道である。

戦争報道で転換期となったのがベトナム戦争だ。この戦争までは、少なくとも米国や西欧の軍は、従軍記者に代表されるメディアの仕事人たちに極めて寛容だった。わざわざプレス用のヘリコプターまで用意して、最前線取材の便を図った。自分たちは正しいことをやっている、だから存分に取材してくれ。そんな意気込みが感じられる対応だった。

しかし、結果的にそれがあだとなり、米国はベトナム戦争で敗北した。メディアを通じての情報漏ればかりではなく、母国の厭戦《えんせん》気分をも培養した。これがトラウマとなって以後の戦争にも伝染し、前線取材に非常に厳しい対応をするようになった。

近年のアフガン戦争やイラク戦争などを報ずるメディアを目にしての隔靴掻痒《かっかそうよう》感はこれが原因だ。そしてシリア内戦やウクライナ、「イスラム国」絡みなどメディアの監視の届きにくい戦場では、多数の子供たちまでがいとも無造作に虐殺されてしまう。なぜ、昨今の戦争について書けないのか。そんな不安から行ったささやかな調べ物の到達点は、「見えざる戦場」だった。

（2014・12・23）

作家の艶聞

さる1月14日付の本紙に掲載された石川啄木にまつわる記事を読んで、思わず声を上げて笑ってしまった。

総合面トップという大きな扱いで、見出しは「啄木の恋人論争続く」。続く横2段組みの小見出しは「多い未解明点」「探究心尽きず」。内容は北海道釧路市で開催された啄木に関する講座で、誰が啄木の恋人であったかをめぐる議論の経緯を報じたものである。

ここで啄木の恋人として挙げられたのは、芸妓《げいぎ》の小奴《こやっこ》と、病を得て入院した啄木を親身になって世話した看護師の梅川操。

時期は、啄木が北海道釧路市の釧路新聞（現在の北海道新聞）に在籍していた1908年1月から3月にかけて。妻の節子と娘の京子を、直前の勤務先である「小樽日報」の拠点小樽に置き去りにしたまま、単身赴任中のことであった。

たった76日間釧路にいただけなのに、二人の女性との艶聞を取り沙汰された。しかもそれが、一世紀の星霜を経た今、いずれが本命であったかを真剣に議論される。

啄木は病弱で、26歳で夭逝《ようせい》した。生涯を通じて生活に困窮してもいた。そしてその生活困窮の原因が放埒《ほうらつ》な生活態度にあったというのは、恋人の本命探しとは逆に、紛れもない定説となっている。

筆者のような小心にして臆病、ひたすら世間様の目を気にしながら生きる凡庸な物書きとしては、ひたすら驚き、あきれ、感嘆しつつ、最後はむなしく笑わざるを得ない議論である。

かつて筆者の良き先輩作家であり、釣りの先輩でもあった開高健に、酒席でしばしばこう言われた。

「君、物書きなら名を惜しめ。間違ってもカネを惜しむなよ。のたれ死にこそが物書きの王道や」

当時文壇きっての名文家だった開高は、自説にたがわず酒浸りとなり、右手にペン、左手にロッドを握っての壮絶な最期を遂げた。

啄木の場合、恐らく彼の人柄にもよるのだろうが、生涯を通じて献身的な支援者が現れた。とりわけ県立盛岡中学校（現在の盛岡一高）の一年先輩だった言語学者の金田一京助は、自分の家財を売ってまで啄木を支え続けた。

啄木より8歳年上の有島武郎は、父が大蔵官僚にして実業家という裕福な家で育った。札幌農学校（現在の北海道大学）進学後、米国のハーバード大学に留学。帰国後は志賀直哉や武者小路実篤らの同人『白樺』に参加、「カインの末裔」「或る女」など後世に残る作品を書いた。

しかし、作家として脂の乗り切った1923年、45歳の時に運命の出会いがあった。雑誌「婦人公論」の敏腕記者で、人妻でもあった波多野秋子と遭遇、一瞬のうちに恋に落ちた。やがて彼女の夫にばれて進退窮まり、軽井沢の別荘で心中して果てた。出会いからわずか半年後の情死だった。

情死といえば、1948年6月13日、愛人の山崎富栄と共に入水した太宰治の件も忘れられない。

作家の艶聞については、良くも悪くもこのあたりがピークで、その後は急速におとなしくなる。それでも筆者らの一世代先輩あたりまでは、人々の耳目を集めた艶聞があった。

しゃれた短編の名手で直木賞作家の田中小実昌は、新宿ゴールデン街のゴッドマザーといわれたバーの女将《おかみ》の病床に長く付き添い、最期をみとった。高齢化時代にふさわしい大人の純愛的艶聞として、同業者たちの間で語り草になっている。

それにしても、と思う。今よりはるかに社会規範が厳しく、世間もうるさかったあの時代、なぜ啄木や有島らのような艶聞が後を絶たなかったのだろう、と。啄木の恋人論争にあやかるわけではないが、いずれそのあたりを何人かの物書き同士でぜひ議論してみたいと思っている。

（2015・1・22）

暴走を食い止める仕組み

暦が改まったと思う間もなく、世間は年度末に差し掛かった。新聞紙面やテレビなどのメディアも例年同様、入試や決算の話題でにぎわっている。

これらは、いわば歳時記みたいなもので、今という時代を生きる人々のささやかな喜びや悲しみ、怒りなどを察知し共有するための、必需品的な情報である。

そうした中で、今年は例年とはいささか異質な話題が目に付く。とりわけ目立つのが、集団的自衛権の行使容認をめぐる憲法解釈論議や報道、解説である。

安倍政権は昨年7月1日、従来の政府の憲法解釈を変更。「国民の生命、自由および幸福追求の権利が根底から覆される明白な危険」があれば、集団的自衛権を行使できると閣議決定した。憲法に関わる案件を国会の議決なしに押し通した異例の事態である。

こうした動きの背景には、ここ数年、急速にきな臭さを増した国際情勢がある。類を見ないスピードで軍事力を増強しつつある中国と日本との関係は、戦後最悪とみなされるまで落ち込んだ。

加えてウクライナ情勢は、停戦合意に至りながらも、実態は厳しさを増しつつある。さらには、外交交渉の対象にはなり得ない奇怪な存在、過激派組織「イスラム国」なる残虐極まりない殺りく集団が出現。これらが政権のみならず、国民全体にもある種の危機感をもたらした。

漠然とではあるが、現状のままではだめだ。偶発的な危機に対応できるような仕組みが必要だろう。集団的自衛権行使容認の閣議決定は、国民のそんな思いにつけ込んだ形になった。

それにしても、あのやり方には問題がある。集団的自衛権に関しては戦後長い間、国論を二分するような形で議論されてきた。いくら国際的な緊張が高まったとはいえ、国会の議決という通常の手続きを踏まずに決めてしまえるほど軽いものではない。

浅学ながら、歴史を舞台に仕事をしてきた者の一人として、戦争という人間の行いには魔性が潜んでいると思う。意図的であろうと、偶発的であろうと、戦争はいとも簡単に始まる。一方、止めるのは至難の業だ。

日中戦争の発端となった１９３７（昭和12）年の盧溝橋事件で、時の近衛文麿政権はすぐさま不拡大方針を掲げて早期収拾を図った。戦闘そのものを統括する参謀本部も現地部隊に不拡大を命じた。

しかし、最前線の駐屯歩兵第1連隊の牟田口廉也隊長は聞く耳を持たずに戦闘を続行。上司に当たる河辺正三・駐屯歩兵旅団長も是認した。その結果、戦争は中国全土に拡大して泥沼化し、現地に利権を持つ米英を刺激して太平洋戦争につながった。

皮肉なことに河辺、牟田口の2人は、太平洋戦争の行方を左右したコンビでもある。緒戦での日本の連戦連勝も、太平洋戦争開戦から約半年後のミッドウェー海戦の大敗で雲行きが変わり、太平洋方面の戦いは、総合力で圧倒的に勝る米軍に押されっ放しの状況となった。

戦況の挽回を図って決行されたのがビルマ（現ミャンマー）戦線の拡大だ。いわゆるインパール作戦で、現地部隊である第15軍の牟田口司令官が唱えた戦法は武器弾薬はおろか、食糧調達の大半を現地で行うというものであった。

作戦はインド方面から中国の重慶政府への連合国による補給ルート、いわゆる援《えん》蒋《しょう》ルートの遮断を目指して立案された。これを是認したのが、直属の上司でビルマ方面軍司令官の河辺であった。しかしこの作戦は失敗、5万人の日本軍将兵が命を落としたとされ、ビルマ防衛線の崩壊が決定的となった。

敵味方の民間人を含め膨大な数の犠牲者を出した先の大戦の帰趨《きすう》を決めたのは、わずか数人の狂気に満ちた思い込みだった。危機管理は必要ではあるが、それは戦いの現場の暴走を食い止める仕組みまでを、きちんと見据えたものでなければならないと思う。

（2015・2・20）

世界転換期の修羅場

「修羅場」は日常でもよく使われる言葉だ。もとは仏教用語らしいが、筆者のように神仏いずれにも縁が薄い輩《やから》でも、自らの不始末で家の神の逆鱗《げきりん》に触れた折などは、「これは修羅場だ」などとつぶやきつつ嵐が去るのを待つ。

この手の矮小《わいしょう》な修羅場は他人様に笑いのネタを提供するだけで、ある意味、世のため人のためにもなるが、目下世界中に拡散しつつある、血みどろの修羅場はそうはいかない。

長かった冷戦時代に終止符を打ち、希望にあふれた新世紀を迎えて以来、早くも14年余りが経過した。その間、われわれが目にしてきた対立は、冷戦期よりもはるかに複雑かつ残忍な、情け容赦のないものであった。

アフガニスタン戦争あたりを発端に湾岸戦争やイラク戦争を経て、現在はＩＳ（イスラミック・ステート＝イスラム国）なる、実態すらもはっきりしない勢力を相手とする戦いは、われわれがこれまでに経験したことのない修羅場である。

そのとばっちりは、戦後世界各地で発生した多くの紛争や戦闘を傍観してきた日本人にも、明確な形になって及んでいる。最近も遠い北アフリカのチュニジアで、観光中だった邦人がテロによって命を奪われた。

一体、何が起きているのか。これからどうなるのか。

過去の戦争とは違って、戦いの場所や範囲が明確でなく、その時点での優劣や勝敗が全くと言っていいほど伝わってこない、まるでモグラたたきのような状況である。

かつてイラク戦争でサダム・フセインを排除した時、当時のブッシュ米大統領は、これで世界の災いの種が根絶されたとでも言いたげな様子であった。

しかし今、事態は全く逆の形になっている。オバマ氏が大統領となった米国は、「世界の警察官」である立場から降りたがっているかのようにすら見える。

歴史は繰り返すというが、今世界で起きていることは、19世紀から20世紀にかけての覇権の移動という、世界のそこかしこで起きていたことと、あまりにもよく似ている。

19世紀末から20世紀初頭まで、東アジアでの日清戦争と日露戦争、アフリカ南部でのボーア戦争、カリブ海と太平洋西部を舞台にした米西（アメリカ・スペイン）戦争などが絶え間なく続き、やがてそれは第1次世界大戦という、人類初の大量破壊兵器を駆使しての大規模な総力戦につながっていった。

この間、世界の覇権は大英帝国から米国へと移り、欧州ではオーストリア・ハンガリー帝国とドイツ帝国、ロシア帝国の消滅を招いた。

この時は大英帝国から米国へと、言語や価値観という同じ文化を共有する、いわば兄弟国家同士での覇権移動だったので、世界の秩序にはさほど大きな変動をもたらさずに済んだ。結果的にこれは後のナチスドイツや日本、そしてソ連などの波状攻撃を受けても、揺らぐことなく持ちこたえる力の源泉となった。

しかし、米国が世界の警察官たることにためらいを見せている今日、これから先の世界の覇権を誰が握り、新たな秩序を構築できるかを見渡したとき、見通しは全く立たないと言っていい。

過去2回の大戦終了時とは状況が大きく異なり、これから先の戦争は、かつてのように国家の総合力だけで決着するとは限らないからである。

現在明らかになっている核保有国の顔触れを見ても、国連安全保障理事会の常任理事国に加え、インド、パキスタン、北朝鮮、そして名乗りはしていないものの、イスラエルなどの国名がすぐに思い浮かぶ。

こうした国々のいずれかから、ISのようなテロ集団の手に核兵器が渡ったらどうなるのか。一介の物書きの妄想の範囲を超えた修羅場である。

（2015・3・24）

大人げない奇妙なもめ事

このところ政権与党とマスメディアの間で、過去に例を見ない奇妙なもめ事が起きている。この紛争についてはほぼ連日、新聞やテレビで大々的に報じられているので、既に目にされた方も多いと思う。

触りだけを説明すると、さる3月27日、民放のニュース番組でコメンテーターが「官房長官はじめ官邸の皆さんにはものすごいバッシングを受けた」と発言。これを問題視した自民党の情報通信戦略調査会長が今月17日、同局専務と、やらせ疑惑ありとされた公共放送副会長を党本部に呼び付けて事情聴取した。

そして「このような事実と反する発言が続くようなら、第三者機関の放送倫理・番組向上機構（ＢＰＯ）に申し立てることも検討する」と告げた。「さらに事実を曲げた放送がなされるなら、法律に基づいてやらせていただく」とも言ったとされている。

この報道に接し、開いた口がふさがらない思いにとらわれたのは筆者だけだろうか。

事実としたら、いやしくも日本という国家の政権与党と日本を代表する巨大放送メディアのやりとりとは信じがたい、大人げないやりとりである。

いきなり事実無根だ、放送法だ、ＢＰＯだといきり立つ党も党だが、そう言われて党本部に出掛けて釈明するメディアもメディアである。

コメンテーターの発言は、ニュース番組本番中という、いわば社会の公器を通じての行いである。政府側からそのような抗議を受けた場合、メディアとしてのありようは「何を根拠に事実無根と言われるのか。具体的な説明を伺いたい。発言のあった番組で反論の機会を提供するので、存分に反論していただきたい」と言うのが、本来の形ではないのか。

コメンテーターの発言は、幾百万という視聴者が見ている前での行為で、発言内容からして国家機密に当たるようなものでもなさそうだから、政権与党側にも同じ環境で反論させるのが基本だと思う。日頃政治の理不尽や不都合に対して舌鋒《ぜっぽう》鋭く批判しているメディアとしては、信じられないほどやわな対応である。

今回のもめ事を見て、筆者はかつて自らが身を置いた大衆メディア時代のあれこれを思い出した。

かれこれ30年以上も前のことだが、筆者はある出版社の芸能週刊誌のキャップ（デスク）という立場で働いていた。扱っていたのは芸能界の話題、なかんずくスキャンダルが中心だった。

天下国家を論ずるメジャーなメディアとは似ても似つかぬ世界とはいえ、著名な芸能人のスキャンダルを把握したら、部下やフリーランスの記者らを指揮して張り込みや聞き込みを徹底させ、言い逃れができないようにして、記事を作成するのが仕事である。ある意味、新聞社や放送局の政治部あるいは社会部と共通する作業でもあったような気がする。

ただし、メジャーなメディアの記者たちのように、肩で風を切ってというわけにはいかなかったのは、どこか後ろめたい思いをしながらの作業だったからだ。

最も後ろめたかったのは、芸能界との談合である。毎週締め切り間際になると、対象となる芸能人が所属する事務所の社長やマネジャーが怒鳴り込んでくる。

事実無根だと騒ぐ相手を、編集作業の邪魔にならぬように近くの縄のれんに連れて行って「事実を完全に把握してのことだから、諦めてほしい。ただ、来週か再来週にはお宅の新人や、落ち目のタレントのバックアップ記事（これをちょうちん記事という）を載せるから、今夜はこれで手を打ってほしい」と説得するのもキャップの仕事だった。

今回の政界とメディアのやりとりを見ていると、なんだ、メジャーもこうしてもめ事を決着させてきたのか、これならかつての自分たちとあまり違わないじゃないか。むしろ自分たちの方が表沙汰にせずに決着させた分、スマートだったなと、さもしく留飲を下げた。

（２０１５・４・21）

スリリングな民主主義

いきなり私事で恐縮だが、筆者は極め付きの「ながら族」である。とりわけ本業の原稿書きは、周囲に何かしらざわめきがないと仕事がはかどらない。

特に音楽は必需品で、本稿も好きなボーカルグループの一つ、ビー・ジーズを聞きながら書いている。ビー・ジーズは「マサチューセッツ」や「ファースト・オブ・メイ（若葉のころ）」など多くのヒット曲で知られる。いま耳元で鳴っているのは、映画「サタデー・ナイト・フィーバー」に使われた曲だ。

そして、机の右手奥にあるテレビでは、本日5月17日の日曜日に行われた大阪都構想をめぐる住民投票の開票の様子が生放送されている——。

という状況の下で書きだしてから1時間余りが経過し、誠にスリリングな展開で大阪市民が下した判定は、約1万1千票差で都構想に「ノー」。以後、テレビ各局のチャンネルサーフィンをしながら原稿を書いているが、状況はまさにサタデーならぬサンデー・ナイト・フィーバー。

日付が変わり、サンデーから5月18日のマンデーになっても、つき物が落ちたようなさばさばした顔つきの橋下徹氏の語録があちこちにばらまかれていて、原稿書きに必要な集中力が維持できない。

結局今朝方は、集中力の途絶と眠気に敗北して本稿執筆を中断。18日午後2時、執筆を再開した。

手元にある朝刊各紙とも昨夜のサンデー・ナイト・フィーバーを引きずった状態で、思わず微苦笑してしまう。それにしても、とあらためて思う。政治家としての功績や評価はともかく、橋下氏の語彙《ごい》というか、ある種の直感力および当意即妙の表現力は大変なものだ、と。

約1カ月前、周囲に楽勝ムードが漂い始めたころ、記者団を前に口にしたせりふ。「人間は不安が残っている限りは、最後は現状維持を望む。もっと厳しいと思いますよ。現実は」

17日深夜、敗北が決定的になった時の記者会見で、何度も質問された引退撤回の可能性。「負けは負け。戦を仕掛け、たたきつぶすと言ってつぶされた」「これだけ大層なけんかを仕掛けて命を取られないというのは素晴らしい政治体制だ。この後も普通に生きて別の人生を歩める」

恐れ入りましたと感心しつつ、この人はきっとものすごい読書家だろうなと思った。多少年季の入った物書きの端くれとして言わせていただくと、話の端々に聞く者を納得させる言葉を交ぜ込む人、あるいは文章のそこかしこで読む者を引きずり込んでしまう表現力のある書き手は、例外なく大変な読書家である。

橋下氏に関する話題の中で持ち出すのは不適切だが、分かりやすい例がある。20世紀を代表する悪玉として、必ず筆頭に挙げられるのがアドルフ・ヒトラーだ。書架から引っ張り出した「ヒトラーの秘密図書館」（ティモシー・ライバック著、赤根洋子訳、文芸春秋）によると、ヒトラーは凄惨《せいさん》極まりない戦いが続いた第2次世界大戦の最中も常に本を小脇に抱え、少しの空き時間を見つけては読みふけったという。聞く者を圧倒する弁舌で歴史に名を残したヒトラーを輩出した当時のドイツは、民主主義の理想を追求した時代として記憶されているワイマール共和制だった。

優れた弁舌家が時に歴史の破壊者にもなり得ることを示している。だが5年余りに及んだ大阪都構想をめぐる議論を、橋下氏は「日本の民主主義は相当レベルが上がったと思う」と振り返った。こういう政治家が今の日本に生まれてくれて良かったなと思いつつ、ようやく本稿を書き終えた。

（2015・5・20）

「弔辞作家」になる

小説家なる売文稼業に従事して35年余。それ以前の15年ほどは、週刊誌の編集者として原稿を書いた。この間ほぼありとあらゆるテーマに手を染めて、とりわけ週刊誌時代は多方面にわたる記事を書き散らした。

そんな雑文家なのに、書いたことがなかったのが弔辞だった。

それがさる4月22日、突然弔辞執筆の依頼が舞い込んだ。弔う対象は、50年来の悪友にして同業者の作家船戸与一＝享年71。

船戸とはその約2週間前、彼が受賞した文学賞の授賞式で顔を合わせたばかりだった。船戸は過去5年余り、胸腺がんなる珍しいがんと闘病してきた。その時は元気だったので「ご存じと思いますが、今朝方船戸さんが亡くなられたことでお願いがあります」と電話で知らされて仰天した。初耳だったので、思わず口をついて出た言葉が「それ、本人が言ってるんですか」。

こんなばかげたやりとりはない。しかし、これには根拠があった。およそ20年余りも前、数人の友人と酒場で一杯やった時、妙に元気がなかった船戸が問われるままに、自分の父親が亡くなったと言った。

船戸の父親は金融界の重鎮で、人格的にも優れた人物だった。われわれもせめて貧者の一灯をということになり、その場にいた者同士でなにがしかを集め、船戸に渡した。

およそ1カ月後。また同じメンバーで一杯飲んだ時、亡くなった父君の話題になった。その時、船戸が問われてもいないのに「あの時の気遣いについては、仏前に報告しておいた」と言ったので、ことが露見した。

船戸に渡した貧者の一灯は、彼が父の遺徳をしのんで悲しみを紛らわすという口実で出入りした縄のれんの入店料になったのだった。

この一件を含め、船戸は仲間に一杯食わせて喜ぶ癖があった。弔辞執筆を依頼してきた全国紙の記者に思わず、それは本人がそう言っているのですかと聞き返した背景には、そんな経緯があった。

初の弔辞執筆はシビアだった。依頼の電話を受けたのが午後1時すぎ。締め切りが約3時間後の午後4時。連載締め切り時の割り込みでもあったので、かなりの修羅場になった。

分量は原稿用紙換算で3枚程度なので、大したことはない。問題は何を書くかだ。船戸とは大学探検部時代、アラスカの北極圏で一冬を2人だけで越した仲でもある。互いの長所短所、過去の悪行までほぼ全て知っている。故に書きやすいかといえば、全く逆だ。弔辞だから一応褒めなければならないはずだ。でも、悪口はいくらでも言えるが、褒め言葉はどこを探しても見つからない。気を許し合った者の弔辞ほど書きにくいものはない。

この時は時間がなかったので、前述のたわけたエピソードを述べた後、最後に末期がんと闘病中というすさまじい状況の中で書き抜いた大作「満州国演義」(新潮社刊)に一言触れてお茶を濁した。

弔辞は翌日朝刊に掲載された。これを目にした周囲の反応に驚いた。

「あれは予定稿だろ?」

思わずむっとして、冗談じゃない、船戸が亡くなった当日、ほかの原稿の締め切りとのせめぎ合いの中で書いたと反論した。

「そうか。それにしてはよく調べてあって、面白かったよ」

調べてなんかいない。まして自分が書いた弔辞を、面白かったと言われて喜ぶやつなどいない。腹の中でそう思いつつ、気が付いたらこの1カ月余りの間に全国紙、地方紙、通信社、週刊誌、月刊誌など紙メディアだけでも20本以上の弔辞を書くはめになった。

お前がこんなに売れているとは思わなかった。そんな悪態をつきながらの執筆だったが、書いているうちに想定外の喪失感がじわりと湧いてきて、思わず目から汗が出た。

くそ、と声に出して言いながら、ついに自分も仲間の弔い文を書く年ごろの弔辞作家になったのかと思って、むなしく笑った。

（2015・6・20）

ペルーに眠る秋田の傑物

今年は終戦から70年という節目の年である。8月15日まで約1カ月というこの時期、国政の場における日本の安全保障論議に異常気象の酷暑が重なり、この春、後期高齢者の仲間入りを果たした身には、世の中全てが陽炎《かげろう》のように揺れて見える。

そんな折、たまたまお邪魔した秋田魁新報社1階の「さきがけホール」に一歩足を踏み入れた途端、視界の揺れが収まり、背中の汗が引いた。

正面に掲げられた巨大な写真は、アンデス山中の天空の都として知られるマチュピチュ遺跡の全景だ。映画館のスクリーンほどの広がりを持つ立体感あふれる絶景が、目の前に迫ってくる。

仕事柄、この手の写真にはそれなりの免疫があるはずなのに、完全に圧倒された。どうやって撮影したのだろうと思いつつ、ホール内を見渡した。

いくつものガラスケースに整然と収められているのは、男鹿市脇本（旧脇本村）出身の天野芳太郎氏が私財を投じて収集した古代アンデス文化の遺品である。

筆者は昨秋本県で開催された国民文化祭の準備に関わり、計画や運営の末席でお手伝いした。その折、痛切に感じたのは、自分は故郷秋田の文化や歴史、民俗芸能などについていかに無知かということである。

とりわけ秋田が輩出した優れた先人たちに関して知識がなさ過ぎた。そうした中、辛うじて知り得た先人の一人に天野芳太郎がいた。

特別な理由があったわけではない。取材名目で世界を彷徨《ほうこう》中、南米ペルーでその存在に遭遇したというだけのことである。

筆者に天野芳太郎なる人物の存在を知らしめてくれたのは、アルベルト・フジモリ氏である。フジモリ氏は両親が熊本出身で、当時はペルーの国立農業大学学長の任にあった。

この折、ペルー在住の日系人を取材していた筆者が秋田出身と知って、フジモリ氏は「既に故人だが、秋田出身者では、天野芳太郎という傑物がいます」と、天野氏の人柄や業績について詳しく説明してくれた。

フジモリ氏はとても温厚な方で、後に大統領の座に就いて、当時ペルー国内で恐怖の的だった過激派ゲリラ「トゥパク・アマル」を向こうに回して戦うなどという荒療治ができる人物には見えなかった。その時のやり方を問われて現在は獄中にある。それなりの事情があるのだろうが、筆者の目には政争、権力闘争の犠牲者にしか見えない。一日も早く自由の身になることを願っている。

フジモリ氏がいうところの天野氏の傑物ぶりについて簡単に説明すると、1898（明治31）年7月2日、前述のように男鹿市脇本で出生。秋田市高等小学校、県立秋田工業学校を卒業後に上京。造船会社を経て独立、いくつかの職業を転々とした。

昭和初期、当時ブームであった中南米移住を志し、主としてパナマを拠点にいくつかの企業を設立、それなりの成功を収めた。太平洋戦争勃発直後には、パナマ運河を管理していた米軍にスパイ容疑で捕らわれたが、後に交換船で帰国した。戦後は拠点の一つだったペルーに渡り、事業を興して財を成した。

いま筆者らの目の前に展開している数々の古代アンデス文化の遺品は、戦後彼が一念発起して発掘、収集したものである。その規模と内容は文字通り世界屈指のもので、日本より欧米での評価が高い。

頂いたチラシを見ると、開催は7月20日まで。肩肘張って学術的興味を持って見学するのもいいが、筆者のようなやじ馬的な客にも十分楽しめる素晴らしい展示会である。会期は残り少ないが、爽快なアンデス山中の大写真を眺めるだけでも納涼効果が満点なので、ぜひご覧になることをお勧めする。

（2015・7・18）

戦後70年を知る読書

今年は年初来きょうまで、われわれ一般人にとって、政治が良くも悪くも身近に感じられる年である。安全保障をめぐる憲法絡みの論争が延々と続き、戦後70年の節目ということで、ありとあらゆる立場や視点からの議論がなされてきた。

筆者ごときにも余波が及び、時には白か黒かはっきりしろ的な問い掛けもあった。こういう時は自分の土俵で相撲を取るのが鉄則と思い、「当方は歴史の裏舞台を書いている物書きなので、天下国家の話には関われません」などと逃げを打ち、多少のうんちくを垂れて相手をけむに巻いた。

こんなことを続けていると思わぬ副作用がある。自分の土俵としている歴史の裏舞台、とりわけ戦後70年関連で、いまだ弱点が多いことを思い知らされた。

知識を急速充塡《じゅうてん》すべく、最近落手した献本や書店で購入した本などの中から、それらしき書物を乱読した。

中に1冊、最近目にしたノンフィクションとしては、屈指の出来栄えと言える作品があった。故郷秋田を舞台にした作品も目からうろこの1冊だった。

筆者同様、戦後70年に関する知識に不安を感じておられる方には、格好のネタになると思われるので、触りを紹介する。

まずは現時点まで目にした本年度刊行ノンフィクションの最高傑作の一つと思える作品から。「GHQと戦った女　沢田美喜」（青木冨貴子著、新潮社）

タイトルだけから判断すると、今年山のように出版されている戦後70年関連出版の一つのように思えるが、中身は大違いだ。著者がこの作品執筆のために取材を始めたのは2005年。この1冊を書くために、10年の歳月が費やされた。

沢田美喜と、沢田が創設した養育施設「エリザベス・サンダース・ホーム」。沢田自身の著書を含め、これまで多くのメディアに取り上げられてきたので、思い出された向きもあるだろう。

主人公の沢田美喜は、戦前日本の代表的な企業グループ、三菱財閥を興した岩崎家に生まれ、国連大使沢田廉三を夫に持つ、今風にいうならセレブ中のセレブ。

しかし、沢田美喜の生き方はそうした出自とは全く逆だった。彼女が祖父や親が積み上げた莫大な資産を使ってやったことは、終戦直後の大混乱期、進駐軍の兵士相手に体を張って生きようとした女たちが産んだ、行くあてのない子供たちのための居場所づくりであった。

この経緯は長い間、戦後間もない時期の美談として世に流布されてきた。だがこの作品は、主人公沢田美喜と共にあの時代を生き抜いた、いわゆる混血児たちを真っ正面から見つめ、戦後間もない時代そのものをも描き切ったという点で、類書とは全く異なる幅と奥行きを持つ。

養育施設からは、沢田美喜を実母と慕う幾人ものユニークな人材が輩出している。重厚な存在感を持つ俳優、ケン・サンダースは代表的な存在だ。

もう1冊。「水の瀬きよき　学校疎開の記録」（鈴木道子編、文芸社）は、石沢村（現由利本荘市石沢地区）が舞台である。

終戦直前の１９４５（昭和20）年5月、東京高等師範学校付属高等女学校（現お茶の水女子大付属高）の生徒１０９人は、石沢村に疎開する。この時受けた温かい支援を70年後の今も忘れず、先年刊行した関係者向けの記録「水の瀬きよき」を復刻して出版したのが本書である。

それぞれの思いをつづった文集だが、素人作業にしてはあまりに水際立っている。編集に携わったメンバーについて少し調べて、なるほど、やっぱりと納得した。

編者の鈴木道子さんは、音楽評論家として屈指の存在だ。編者の一人として名を連ねている中島公子さんは、著名なフランス文学者である。

ちなみに鈴木道子さんは、太平洋戦争末期の内閣総理大臣、鈴木貫太郎海軍大将の孫娘。鈴木首相は陸軍の反対を退けて、終戦につながるポツダム宣言を受諾し、歴史に名を残している。

中島公子さんは直木賞作家の中島京子さん、エッセイストの中島さおりさんの母。水際立った仕上がりは、ある意味当然とも言える。

（2015・8・14）

信介と晋三、この相似形

昭和35（1960）年5月19日午前10時40分、衆議院安保特別委員会が開催された。開会直前に出席した岸信介首相はぶぜんとしていた。2月19日に特別委員会を立ち上げてから、既に3カ月もの時を費やしていたからだ。

3日後の5月22日に開催予定の日米修好100年祭当日に日米新安保条約を批准し、6月19日に予定されているアイゼンハワー大統領訪日に花を添えるのが、彼の心づもりだった。

だが、世論を背にした野党の執拗《しつよう》な抵抗が続き、新安保法案はいまだ審議中で、国会の会期は残りわずかである。

こうなったら会期延長しかない。岸の意を受けて政府・自民党は、特別委員会開会直後の10時45分、衆参両院議長に50日間の会期延長を申し入れた。

会期延長を目指してこの日正午、議院運営委員会理事会が招集された。だが審議は遅々として進まなかった。午後4時39分、荒船清十郎委員長は、突然理事会を委員会に切り替えることを宣言、すぐさま会期延長の賛否を問う採決に入った。

席に戻れなかった野党委員もいて、大混乱の中での採決となり、荒船委員長は会期延長が可決された旨を衆議院議長に報告した。

後に60年安保騒動の帰趨《きすう》を決めた珍事として、後世に語り継がれることになった出来事である。

時は流れて55年後の平成27年9月17日午前8時36分。参院特別委員会の鴻池祥肇委員長が、理事会室ではなく委員会室で理事会を開催しようとして紛糾。9時10分、委員長が委員会開催を宣言した。ひと騒動あって、9時28分、委員会が休憩に入る。

9時45分、委員会が再開され、野党が鴻池委員長の不信任動議を提出。委員長が退席し、自民党の佐藤正久・与党筆頭理事が委員長席に着席。ひともめした後、9時49分から休憩。

午後1時、委員会再開。民主党の福山哲郎議員が延々と委員長不信任動議の趣旨説明を行って、不意の採決を防ぐべく時間を稼いだ。

不信任動議が否決され、午後4時28分、鴻池委員長に続いて安倍晋三首相が委員会室に入る。2分後の4時30分、委員長が審議終了を宣言、あっという間もなく安保法案が可決した。

55年の歳月を挟み、主役は祖父と孫、場所は衆院と参院の違いはあるものの、似たような手口での採決劇だった。

国の先行きを左右する重要な瞬間だったにもかかわらず、テレビを見ていて、不謹慎にもしばらく笑いが止まらなかった。それにしても、こんな手口にあっさり引っかかる野党も野党だ。かつて政治の世界を席巻した策士たちの手練手管は、いまや伝説の世界か。

新安保条約をめぐる前回の騒動時、筆者は大学に入ったばかりの若輩で、探検部なるノンポリの部活に熱中していた。しかし、機動隊に捕まった友人を請け出しに行ったりしたこともあって、刻々と動いていく状況には目を離さずにいた。

あれから半世紀余り後のきのう、9月19日未明。騒動の規模こそ違え、ほぼ似たような駆け引きとプロセスを経て、安保法案が採決される瞬間を、強いデジャビュ（既視感）を抱きつつ、テレビ画面で確認した。

紛れもなく歴史に残る瞬間を目の当たりにしつつ湧いてきたのは、歴史の裏舞台を土俵にして仕事をしている、さもしい物書き的な感想だった。

祖父岸信介を日米新安保に駆り立てたあの時代は冷戦構造が激化。とりわけ東南アジア方面でラオス内戦、南北ベトナムの対立が深まるなど、いわゆるドミノ理論が正当化されるような状況が続いていた。

半世紀後の現在、冷戦構造は崩壊したものの、イデオロギー対立よりもさらに厄介な宗教および民族の対立が表面化。中国の経済的軍事的台頭もあって、冷戦時代の名残だったアメリカの一極構造が崩れようとしている。

祖父岸信介が源流にいる、そんな流れを受け継いだ孫の安倍晋三を、かくも安保法制定に向けて突き動かしたものは何か。彼は、いかなる時代の源流になりうるのか。

（2015・9・20）

パスワードの呪縛

最近、手帳を入れていた小さなバッグを紛失した。担当編集者と打ち合わせの名目で数軒はしごし、酔っぱらってタクシーで帰宅した次の朝、紛失に気が付いた。

筆者は忘れ物の常習犯で、これまで傘など身の回り品の紛失は数え切れない。筆者にとっては高価だった、海外で購入したばかりのブランド物のレインコートや、帰国前夜に大雨の中をホテルに戻り、ぬれたズボンをハンガーに掛けたまま置き忘れたという情けなくも悔しい忘れ物もある。

今回の忘れ物はたかだか安物のバッグと手帳なので、被害額は微々たるものだ。その中で最も大きな損害は、手帳に書き込んであったパスワード一覧である。

筆者は生来の無精者で、自らの生き方を律する箴言《しんげん》の一つに「省事」を据えている。意味は文字通り事を省くで、面倒くさいことには手を出さない、あるいはやらないという横着な信条である。だから筆者のような物書きにとって、現在のようなインターネット社会の到来は、当初とてもありがたいものに思えた。

何より助かるのは、資料探しが楽になったことである。目下作業中の物語構築を例に取れば、日本を含む関係国の公文書館や国公立図書館、省庁資料館や史料館などを巡っての史資料探しの過程で、核心となるデータや文書への接点が、インターネット経由で見つかる場合があった。

各国の情報公開法とも密接に関係するが、少し前まではあらかじめ見当をつけた国なり地域なりに赴き、現地の公文書館などに懇願の上、膨大な文書の山と格闘するのが常であった。

それが信じられないほど簡単になった。例えば米国の場合、自らは日本に身を置いたまま、インターネット経由で探索し、文書のコピー発注も可能になった。あらかじめ目標を絞り込んでの探索が前提となるし、文書のプリント費用なども発生するが、一昔前の悪戦苦闘と比べれば、まさに天国と地獄である。

インターネットの恩恵は、こうした公文書探しばかりではない。数十年も前に刊行された古い書籍でも、通販業者の窓口画面で探索すると、あっという間に手に入ることがある。

だがこれはいいことばかりではなく、精神的には損失も大きい。長年親しんだ神田神保町の古本屋街を徘徊《はいかい》する楽しみから遠ざかり、なじみの本屋でのダベリングという心地よい時間を失ってしまった寂しさは大きい。

加えて作業の簡略化、利便化とは逆に、利便中の不便、場合によっては不条理あるいは理不尽としかいいようのないことも起きている。それはパスワードという文字と数字で構成される怪物の存在だ。

前述のように今回の手帳紛失で被った影響の中で、最も大きいのは、そのパスワードである。

筆者は大半の原稿を、およそ20年前に購入した親指シフトという特殊なキーボードを装着した業務用ワープロで執筆している。出来上がった文書はパソコンに移してファイルをワードに変更、インターネットメールに添付して、発注元の新聞社や出版社にお届けするという手順で仕事をしている。

この文書処理、管理用パソコンのほか、取材過程で撮りためた映像や写真などの編集処理や保管に必要な高性能パソコン、事務処理専用のパソコンを計3台、仕事場に置いて運用している。

その全てを支配しているのがパスワードだ。起動するに当たってのパスワード、プロバイダー業者への接続、さらには日常生活における航空券など各種チケットや物品購入に際しての本人確認、顧客囲い込み目的の使用者登録など、世のありとあらゆる局面でパスワードがはびこっている。

手帳に他人さまに読まれて困るようなスケジュールを書き込んでいなかったことはせめてもの慰めだが、このパスワード社会を、明日以降どうやって生き抜こうかというのが、目下の悩みである。

（2015・10・24）

テロリズムの行き着く先

本稿を執筆している11月21日時点で、世界を震撼《しんかん》させたパリの同時多発テロから、既に1週間が経過している。しかし新聞やテレビなどメディアの世界では、いまだテロ関連の話題が途切れることなく報じられている。

規模の大きさと、不特定多数の市民をターゲットにしたインパクトの強さからして、あの２００１年9月11日、アメリカで発生した同時多発的テロに匹敵する騒ぎになったのは当然だろう。「９・１１テロ」の発生当時、航空機を武器として使い、乗客を含む不特定多数の市民を巻き添えにしたという点で、過去に例をみないテロといわれた。

身近なところで似たようなテロ事件を挙げるとすれば、９・１１よりさらに6年余りさかのぼった１９９５年3月20日、東京の地下鉄で発生したオウム真理教によるサリン事件がある。これも罪のない一般市民を狙ったという点で、未曽有のテロであったといえるだろう。

しかしながら、フランスで発生したこのたびのテロは、実行した者たちの背後に戦いのプロである職業軍人が多数控えているという点で、これまでとは全く次元の異なるテロになった。メディアに登場する過激派組織「イスラム国」から送り込まれたテロリストの大半は、首謀者として顔写真入りで世界に配信された者を含め全員20代の若者で、その出身地も多岐にわたる。

彼らの手口は、過去の素人っぽいテロとは様変わりしている。手にした銃火器の扱いについても、過去のテロリストのような付け焼き刃ではなく、訓練を受けた軍人同様だったという証言が、欧州のメディアに登場している。

このような者たちを生み出した理由を探索すると、答えはすぐに出てくる。イスラム国は、現在の世界を牛耳っている欧米主導の秩序に不満を持つイスラム教過激派と、石油利権をめぐって大国の意に逆らい、たたきつぶされたイラクのフセイン政権軍の一部が手を組んで立ち上げられた。

これにジャスミン革命で崩壊したリビアのカダフィ政権下の傭兵部隊の生き残りなどが合流して、現在の形になった。イスラム国が砂漠地帯の地上戦に強く、米英仏露など大国の空爆にも粘り強く耐えているのは、ある意味当然である。

今回のフランスにおけるテロを含め、最近のテロを実行したテロリストたちは、このような環境の中で訓練され、欧州やアフリカなど世界各地に送り込まれた。

彼らが今回のテロの拠点としたベルギーは、闇の世界の住民たちの間では、欧州の中でも武器調達がたやすいことで定評がある国だ。首都ブリュッセルから80キロほど東にあるリエージュには、先の2度の世界大戦当時からＦＮ（ファブリック・ナショナル）などの武器製造企業が存在し、現在のモーゼルやリー・エンフィールドなど名器の誉れ高い小火器を生み出してきた。

闇の世界に向けての武器調達に関わる商人も少なからず存在するという。そんな場所に拠点を定めた今回のテロは準備の周到さでも、過去のテロとは一線を画している。

今回の騒動で私たちは、テロそのもののありようが、これまでとは打って変わったということを目の当たりにした。これから先、似たようなテロを実行しようとする試み、具体的には戦争のプロである職業軍人が反体制化して宗教過激派と合体し、国際秩序に挑んだとき、私たちはいかにして対抗したらいいのか。

核兵器絡みのテロだってあり得ないことではない。私たちはこうした試みを未然に防ぐ手段、さらにはテロを抑止できる社会の構築が何よりも優先される時代の入り口に立っているのかもしれない。

イスラム国が拠点を置くシリアでは、多くの難民が生まれている。これに関連し、今月27日午後3時から秋田市の協働大町ビル5階で、シリア難民の現状を伝え続けている秋田市出身の写真家小松由佳さんの講演会（ヒューマンクラブ主催）が開かれる。入場無料なので、会員以外の方も、ぜひご参集を。

（2015・11・22）

歳末のトランプ人気

つい先日、新年のあいさつを交わしたと思っていたのに、この1年間何をやったのかと自省するいとまもなく歳末を迎えてしまった。

自省といえば、4年余りの時間を費やして中国や東南アジア各地を徘徊《はいかい》して得た取材データと、ワシントン郊外の米国立公文書館や英国王立公文書館、台北の国史館など複数の国の公文書館を渉猟して得た膨大な文書データとの戦いがまだ終わっていない。

結果的に年内に必ず脱稿すると確約した原稿が、不渡り手形になりそうな気配が濃厚になっている。文章を練る代わりに、年の瀬に会う担当編集者への弁解の言葉を練り始めた滑稽《こっけい》さと情けなさ。

そんな自分の哀れな姿と逆の立場に見えるからかもしれないが、言いたい放題を言い、やりたい放題のことをやっている人を見ると、理由もなく敵愾《てきがい》心が湧いてくる。

今とりわけ気に障るのが、来年11月に行われる米国大統領選の共和党候補者指名争いで、トップを走り続けているドナルド・トランプなるご仁である。彼の理不尽極まりない主張に賛同、支持している一部の米国人たちも気に入らない。

ついに我慢できなくなって、米国で最も共和党が強い州の一つであるアラスカ州在住の友人に電話をかけた。古くからの釣り仲間で敏腕弁護士の彼は、共和党の確信的支持者でもある。当方の疑念ないし不満をぶつけるには頃合いの相手だ。

「仮初めにも大統領を目指す者が、イスラム教徒難民の受け入れ拒否を公約に掲げるなど、米国建国の基本理念に反する前代未聞の珍事だろう。万一そんな人物が大統領になったら、米国は一挙に世界の信頼を失うぞ」

息巻く私にひと通り言わせてから、彼は含み笑いをしながら答えた。

「久しぶりに電話をかけてきて何事かと思ったら、いきなりクレームか。しかしトランプなら心配無用だ。彼は大統領候補にはなれないよ」

「でも、目下共和党の指名争いでは首位を独走中じゃないか。よくないたとえかもしれないが、第1次世界大戦後、いきなり鎌首をもたげたヒトラーを熱狂的に迎えた当時のドイツみたいだ」

「それは言い過ぎだろう。しかし、背景は似ているかもしれないね」

「どこが似ている？」

「国民の間に漠とした不安がある点だ。当時ドイツは第1次世界大戦の敗戦国として、巨額な賠償金の支払いに呻吟《しんぎん》していた。国民の間に漂う不安と不満を吸い上げて台頭したのが、ヒトラー配下のナチス党だ。今、米国では共和党支持者だけではなく、民主党支持者でも、収入の少ない若者や先住移民の間では、イスラム教徒難民の大量流入に反発がある。テロ不安だけではなく、自分たちの生活基盤を奪われるという危惧があるからだ。彼らの一部もトランプを支持しているよ」

「だったら余計危ない。今はまだ共和党候補レースの先頭を走っているだけだが、大統領として公約を果たす立場になったら、国際的な大波乱を巻き起こすだろう」

「君が米国のことを心配してくれることには感謝するが、大統領選の本番までまだ1年近くある。その間にトランプは失速する」

「その根拠は？」

「共和党にもまっとうな常識人がたくさんいる。それとマスコミだ。新聞やテレビなどのメディアは現在、トランプ人気をそのまま報じているが、選挙が近づいたら一部のメディアを除いてトランプを袋だたきにする」

断定的にそう言ってから、彼は思い出したように言葉を継いだ。

「ところで日本はイスラム教徒難民はおろか、ほかの難民もほとんど受け入れていないじゃないか。いつまでも対岸の火事ではないぞ」

とんだやぶ蛇だった。皆様、良いお年を。

（2015・12・21）

規制緩和の果てに

筆者は生まれつき利己的な性格で、自らが被った害や災難については条件反射的に反応するし、しつこく根に持ったりする。しかし、社会的な不祥事や人さまの不幸については、多くの場合、「またやったか」程度の反応で、怒りに身を震わせたりはしない。

そんな筆者ですら、1月15日未明、長野県軽井沢町で発生したバス事故については、テレビで第1報に触れた瞬間、条件反射的に怒りがこみ上げてきた。翌16日付以降の本紙などで事故の詳細を知るにつけ、この怒りはさらに倍増し、なんでこうなるんだという疑問にさいなまれた。

事故に至るまでの短期的な状況と、こういう結果を招いた十数年間の長期的な経緯に、納得いかない事柄がいくつもある。それがスキーや登山に没頭していた若き日の記憶をよみがえらせ、当初抱いた漠とした疑問が具体的なものになった。

最初に抱いた疑問はこの手のツアーの料金設定である。16日付本紙2面の記事によると、旅行会社各社がホームページで「夜発」と紹介するプランで各社の料金を見ると、東京から長野、新潟方面への日帰りで、5千円前後のものも。「1泊3日」で1万円台というツアーも少なくないと記されている。

筆者がスキーに血道を上げていたのは、大学1年から6年（誤記ではない。恥ずかしながら筆者は学問好きが高じて大学に6年在学し、最後は除籍された）あたりまで。暦の上では昭和36（1961）年から昭和41年前後で、安保闘争やら東京オリンピックやらで、良くも悪くも世の中が騒然としていた時期である。

当時既に貸し切りバスによるスキーツアーが行われていて、筆者らも時々利用した。行き先は長野県大糸線沿線の細野や、菅平辺りが多かった。

料金は当時住んでいた東京郊外荻窪の、6畳1間のアパート家賃のほぼ半額から3分の1。夜行日帰りで2千円前後だったと記憶する。筆者一人の記憶ではおぼつかないので、同行した旧友に確認したところ、ほぼ間違いないとの返事があった。

当時の国鉄（現ＪＲ）だと同じ距離で往復１４００円程度。バスの方が多少割高ではあったが、確実に座れて一眠りできたので、若いサラリーマンや学生がよく利用した。

ちなみに当時のサラリーマンの大卒初任給は２万円前後。週刊誌やラーメン１杯の値段が30～40円程度の時代の話である。

なのに当時と比較してあらゆる物価が10倍ないしそれ以上の現在、なぜ夜行日帰りスキーツアーが、５千円前後に収まっているのか。

このあたりについては多くのメディアが徹底的に検証、それが過当競争や運転手不足につながっていると指摘している。そうした中で、筆者が今回の事故に関連して抱いた最大の疑問は、このような状況を招いた２０００年の規制緩和について、なぜ突っ込んで検証しないのか、ということである。

また本紙17日付「表層深層」からの引用になるが、民間業者は倍増、という小見出しの後に、こう記されている。

貸し切りバス事業は、各地域での需給調整のため以前は免許制だったが、規制緩和で2000年からは条件を満たせば営業できる許可制となり、新規参入が容易になった。1999年度に2294社だった民間事業者数は、2013年度に4486社とほぼ倍増している。（後略）

スキー人口の減少が言われて久しい中、このような事態が何を招くかは、子供にだって分かる。いつの間にか規制緩和が世の中の金科玉条となってしまっている。

貸し切りバス業界といえども、不特定多数の人々を対象とする以上、客の安全を無視して価格競争に走るなど言語道断の所業である。メディアにはそのあたりについても、きちんと検証していただきたい。

（2016・1・21）

急行は感傷を乗せて

最近、折に触れて思うことがある。自らの感覚が世間さまとずれつつあるのではないか、と。とりわけ新聞の見出しや扱いなどを見ているときに、そう感ずることが多い。

直近では、国政の場で陣笠《じんがさ》的な存在にすぎない人物が、自らの破廉恥な女性関係を全国紙の1面トップに取り上げられ、身の程もわきまえず、「反省して一から出直す」などと心にもないことを口にして、それがまた大きな扱いで新聞紙面やテレビ画面を席巻した。

それを見て、こんなもの、自分が昔在籍していた芸能マスコミなら、良くて三面のベタ記事だ。などと怒っているうちに、もしかしてこれは、自分の方がずれているのではないかと、そこはかとなく不安になった。

この繰り返しで発生するストレスは、結構きつい。これを癒やしてくれるのは、一読して、ああ良かった、ご苦労さんだったねえと言えるような、単純にして穏やかな出来事を報ずる見出しや記事に接したときだ。

今回いら立ちを癒やしてくれたのは、一部の全国紙や地方紙の社会面で報じられた、いわゆる三面記事だった。

「ラストラン　40秒で完売」という見出しに続いて、来る3月21日で運行を終える、JR北海道の夜行急行「はまなす」の青森発札幌行き下り最終列車のチケットが、あっという間に完売した旨の記事である。一読してぼうぜんとし、次に湧いてきたのは、「おまえ、まだ生きていたのか」という思いだった。

「はまなす」は青函トンネルが開通した昭和63（1988）年3月に運行を開始、本州と北海道を結ぶ足として親しまれてきた。かつて急行は日本中で運行されていたが、今やJRが定期運行する急行としては最後の列車である。

そんな趣旨の記事を読み終えて、懐かしさとある種のほろ苦さも感じつつ、心の中でやんわりと反論した。「はまなす」の歴史はそんな短いものではないですよ、と。

昭和34（1959）年春、筆者は函館発網走行きの準急「はまなす」で札幌に出向き、北海道大学医学部を受験してあえなく失敗した。その前後のあれこれを含め、あの列車に関してはさまざまな思い出がある。

記憶を確かめるため書庫に駆け込み、書架に詰め込まれている１００冊余りの鉄道時刻表の中から、戦後発行のものに限定して何冊か引っ張り出した。

戦前から東海道本線を走っていた「つばめ」や「富士」などの特別急行は別にして、同じ優等列車でも急行以下の列車に愛称を付けるようになったのは、昭和30年前後からだったような気がしたからだ。

答えはすぐさま出た。昭和31年12月号で、函館発23時30分で翌朝7時10分に札幌に着き、終着網走には15時56分着の、普通列車でありながら3等寝台を連結し、急行並みに小さな駅を通過して突っ走る列車が見つかった。

同じ列車が2年後の昭和33年11月号では愛称なしの準急に昇格。翌34年7月号には同じ列車が、堂々、準急「はまなす」として掲載されていた。これがこのたび廃止が決まったＪＲ最後の急行「はまなす」のご先祖さまである。

筆者にとっての準急「はまなす」は、生きる道筋が１８０度転換した時期、何度かお世話になった懐かしい列車であると同時に、一つの別れにつながった、ほろ苦い存在でもあった。

しかしそれが昭和の名残ともいうべき大衆向け優等列車の急行の消滅につながり、残るは運行距離の短い特急ばかりとなると、個人的な感傷とは別に、こんなことでいいのかなあという思いも湧いてくる。とりわけ若者の懐具合に優しく、高齢者には寝台車の連結などで快適だった長距離の移動手段が失われ、残るは必ずしも安全とは言い難い、長距離バスのみになってしまったことについては、一考の余地があるのではないか。

（2016・2・24）

世界の才能に触れる

3月上旬、立て続けに素晴らしい出会いに恵まれた。いずれも海外からの賓客で、一人はオーストラリア大使館と日本ペンクラブ共催の公開対談におけるお相手。もうひとかたは国際交流基金が文化芸術交流事業として招いた中国人作家で、これも公開対談の相方としての出会いだった。

オーストラリアからの賓客は、現在彼《か》の国を代表する作家の一人、ケイト・グレンヴィルさんで、当年65歳。彼女が来日したきっかけは、代表作の一つ「闇の河」(現代企画室刊)の邦訳刊行だった。

「闇の河」は英連邦作家賞、クリスティナ・ステッド賞など多くの賞に輝き、オーストラリアでは文学史上屈指の大ベストセラーになっている。

物語の主人公は約200年前、産業革命最中の英国で罪を犯し、オーストラリアに流刑となったグレンヴィルさんの祖先がモデル。作品の筋書きについては、邦訳した一谷智子さんが巻末に的確な解説を書いており、その中に概略次のような記述がある。

「闇の河」のプロットにはオーストラリア人になじみの三つの神話が見受けられる。第一の神話は「微罪で流刑に処せられた受刑者」なる初期の入植者を理想化する懐旧的神話。第二の神話は「立派な開拓者となってゆく受刑者たち」。第三の神話は「開拓者と先住民の接触」。

グレンヴィルさんは日本ペンクラブ(東京・日本橋)での私との対談の中で、「自分はまさにこれらの神話の解体を目指して書いた」と、実例を挙げて話した。

わずか15年余り前の2000年5月28日、シドニーのハーバーブリッジで開催された「豪州謝罪の日」(ナショナル・ソーリー・デー)あたりまでのオーストラリアでは、歴史を美化した「神話」を信じる人が少なからずいた。先住民アボリジニと、犯罪者として入植した白人との関わりも、白人側の視点で描かれたものが大半を占めていた。

「闇の河」はそんな暗くて重いテーマに、真っ正面から立ち向かった作品だ。にもかかわらず読んでいて実に面白く、読後感もほっと癒やされるような傑作に仕上がっている。過酷な事実を目をそらさずに直視し、徹底的な取材で遺漏なきを期した結果で、同業者として大いに勇気づけられた一冊であった。

グレンヴィルさんとの対談の3日後、いま中国で、とりわけ若い世代の間では彼女を知らない人はまずいないといわれる超売れっ子の作家、蔣方舟さんと会った。国際交流基金（東京・新宿）の大ホールで、多くのお客さんを前にして、「書くということ——事実と真実の間で——」という演題で対談を行うのが、彼女と私の任務だった。

名門清華大学出身の26歳と聞いていたので、どんな人かと思いつつ打ち合わせの場に臨んだ。顔を合わせた時の第一印象は、この人、ほんとに作家なの、という感じだった。まだ春浅いこの時期、スカート部分が膝のはるか上までしかないスーツを鮮やかに着こなした、モデル顔負けの美女だったからだ。

なるほどこれなら、若者を中心に人気が沸騰するのは当然。文学の分野でもこの魅力で多少の齟齬《そご》はカバーできる、などといささか失礼なことを思いつつ、鼻の下をのばさないように気を付けながらあいさつを交わした。

打ち合わせを始めて5分後、そんな第一印象は雲散霧消し、筆者は姿勢を正して彼女の恐るべき教養と知性、それを誰にでも理解できるように話す、彼女の話術に魅せられていた。結果的に公開対談は大変な盛り上がりとなり、参加者から絶賛を浴びた。

もう一つ、とてもうれしかったことがある。スタッフ慰労を兼ねた遅めの夕食を銀座にある秋田由来の居酒屋で取った折、蒋さんが秋田の酒をことのほか気に入り、これまで飲んだお酒の中で最高といいながら、あっという間に1升近く飲んでくれたことだ。

見た目とは裏腹のとんでもない酒豪ぶりに驚嘆しつつも、いや、まだまだ世界は広いということを実感できて、幸せな出会いを重ねられたことの幸運をひそかに感謝した。

（2016・3・19）

パナマ文書の破壊力

筆者がこの稿に手を染めたのは、熊本地震が起きてから約1週間後の4月20日夕刻。たまさか自分も震災直前、被災地に近い長崎で仕事の最終取材を行い、地元の方々のご親切が身に染みていた。ゆえになんらかの形で被災地に寄り添えるような小文をと、呻吟《しんぎん》し始めたばかりだった。

それが突然、米国西海岸在住の友人から届いた1通のメールによって、方向転換を迫られた。発信元は、仕事で米国取材を行った折、親身に手伝ってくれた日系3世のジャーナリスト。若い頃しばらく日本で生活したとかで、日本語を流暢《りゅうちょう》に話す。

メールの内容は、ぜひ聞きたいことがあるから電話をくれという、いささか虫のいいものだった。しかし、文書探索などで世話になった相手。震災について海外からの一言が欲しいという思いもあって電話をかけた。

すぐさま元気のいい中年男の声が受話器からあふれ出てきて、「ＮＨＫの国際放送で見た。大変だね。でも君が住んでいる所は大丈夫なんだろ」と当方の機先を制し、単刀直入に聞いてきた。

「例のパナマ文書についてだが、各国の企業やお歴々が顔をそろえているのに、現時点で日本からは誰も登場していない。経済大国としておかしい。日本国内で疑惑の対象となっている企業や人物がいたら、教えてほしいのだが」

これにはさすがにむっとして反論した。

「悪いが今の日本はそれどころではない。パナマ文書に登場するような企業や人物なら、そっちで調べたほうが早いのでは。仮に関与を疑われる企業や人物がいたとしても、事実確認が不可能な現状で無責任なことは言えない」

だが相手は簡単には引き下がらなかった。

「日本が大変な状況にあることはよく分かっている。しかしパナマ文書問題は、われわれアメリカ人にとって、一つ間違うと国の先行きを左右する問題になりかねないという認識もある。ゆえに友邦の日本の状況を知りたいのだ」

「今言ったように、それどころではない」

「君も近現代裏面史をメシのタネにしている一人だろ。かつてヴェノナ文書が時代にどんな影響を及ぼしたかを思い出してほしい」

「ちょっと待ってくれ」

筆者は慌てて、さらに何か言おうとした彼を遮った。

ヴェノナ文書なるものの正体は、第2次世界大戦最中から直後にかけて、米陸軍情報部が軍や政府の中枢にいる者たちの電話や通信を秘密裏に傍受解読した記録である。

これを受けて1940年代後半、下院に設けられた非米活動委員会なる弾劾組織が、疑惑ありと見なされた政府高官や議員、軍人、さらには民間のスポーツ界や芸能界の著名人までをも呼びつけて、きびしく追及した。

その破壊力はすさまじく、ルーズベルト政権下の大統領補佐官ラフリン・カリー、ハリー・デクスター・ホワイトらがソ連のスパイと名指しされ、自殺に追い込まれた。

この引き金となった記録を、東西冷戦終結後に流出したソ連側機密文書で補強し、1995年に米国家安全保障局によって公開されたのがヴェノナ文書である。

ヴェノナ文書の破壊力は世紀をまたいで受け継がれ、とりわけ今年のような大統領選の年、いわゆる政治の季節には、使い方次第で国民意識に大きく作用する。

パナマ文書はタックスヘイブン（租税回避地）を使った不透明な取引を明るみに出したが、かつて私も調べたことがあるヴェノナ文書を引き合いに出され、今後の行方にいささか興味を抱いたので聞いてみた。

答えは、「突然のこの手の文書出現には、必ず背後に何かある。自分が知りたいのは仕掛けたのが誰で、ターゲットは誰か、そして文書の破壊力はどの程度か、ということだけだ」というものだった。

日本の将来を憂えてくれての質問ならいざ知らず、震災でこれだけ大変なときに、何の配慮もなしに自分の聞きたいことだけを聞いてくる。メディアの末席にいる者として、人さまのことは言えないがと、少しばかり悲しくなって受話器を置いた。

（２０１６・４・25）

落ちた偶像

ある程度年配の読者なら、日頃映画になど興味がない方でも、その題名および同名のテーマ曲「第三の男」については、どこかで見たり耳にされたりしたことがあるはずだ。

舞台は第2次世界大戦直後のウィーン。主人公は水で薄めた薬物の大量販売で、多くの人の命を奪った男。相手役は戦争で天涯孤独の身になった美貌の踊り子と、男の子供の頃からの親友で三文作家のアメリカ人。

作家にとってお尋ね者の男は、子供時代からガキ大将的で万能の、偶像といってもいい存在だった。その男が大量殺りく犯として追われている。当初は信じなかった作家が、現実を見せられて逮捕に協力、最後は地下の下水道内で男を射殺してしまう。

さる5月17日、筆者が東京地裁で開かれた清原和博被告の初公判を報ずる新聞やテレビを見て、反射的に連想したのが直接的には何の関わりもない、この「第三の男」

だった。

状況も時代もまるで違う。なのになぜ半世紀以上も前に作られた映画などを連想したのだろう。

数分間考えて、答えを得た。「第三の男」の原作および脚本を書いたのは、当時の英国を代表する作家のグレアム・グリーン。そして監督は巨匠の誉れ高いキャロル・リードである。

同じ組み合わせで作られた映画に、「落ちた偶像」がある。ほかにもこの2作には共通点がある。子供にとっての尊敬と憧れの的、すなわち少年時代の偶像の破滅を一つのテーマにしている点だ。

高校生当時からプロ選手時代にかけての清原被告は、紛れもなく野球少年たちの偶像だった。しかし現在、引退してから随分時間がたっている。げすな言い方をすれば、賞味期限が切れて久しい存在にすぎない。

なのにこのたびの事件ではスポーツ紙のみならず、全国紙や公共放送を旗印にしているＮＨＫまでがトップニュース扱いで報じた。

確かに覚醒剤をはじめとする薬物絡みの不祥事は、最近増えつつある。若年層を含む一般市民、そしてそれを最大の資金源にしているとされる暴力団の世界にも大きく関わる問題である。そう考えると、メディアがこぞって、かつて青少年の偶像だった清原被告を「落ちた偶像」的に扱いたくなるのを理解できなくもない。

そう言いつつも、これでいいのかという思いが湧いてくるのは、なまじ筆者が取材などを通じて、海外の事情などを垣間見てしまったからなのだろうか。誤解のないように付言しておくが、覚醒剤をはじめとする薬物の取り扱いについて、許容度を広くしたらいいなどというつもりは全くない。

筆者は、作家としての豊潤な才能とは無縁の、たとえ小説といえども取材をしっかりやらないと、一行たりとも書けない物書きである。目下作業中の作品についても、5年前に起きた3・11の震災直後、東南アジア某国の山中に分け入り、山岳少数民族の集落で2週間ほど滞在、取材したのが仕事始めだった。

その集落をはじめとする一帯は、昔からケシ栽培を主たる収入源として生活してきた。収穫の一部は医薬用モルヒネの原料として、政府機関に上納する建前になっていた。問題はそれ以外の収穫物で、時期になるとブローカーが村々を巡回してアヘンの原液を買い取り、東アジア某国の窓口となる組織に売り渡すのだと聞いた。

覚醒剤についても、東アジア某国の辺境で取材中、漂ってきた悪臭のもとが、後で覚醒剤製造所だったと知って驚いたことがある。

長年にわたる取り締まりが功を奏して、日本国内における麻薬や覚醒剤の製造は極めて難しくなっているようだ。半面、今回のような騒ぎが頻発していることに対しては、水際の取り締まりが相対的に緩いのではないか、という声もある。

蛇口を締めるのも大切だが、元栓締めにもさらなる注力が必要なのではないかと、このたびの騒ぎを見ながら思った。

（2016・5・21）

権力という名の魔性

政治資金の流用疑惑でメディアをにぎわしながら、予想外の粘り腰（？）を見せていた東京都の舛添要一知事が21日、刀折れ矢尽きた状態でついに辞職した。医療法人グループからの裏金受領が発覚して辞職した、前任の猪瀬直樹氏に続く任期途中での辞任劇である。

前回そして今回の騒動は、一介の物書きにすぎない筆者にとっては別世界の話である。にもかかわらず発覚から辞職に至るまで、新聞紙面やテレビの画面を追い続けたのは、共に自らの同業ないし近い業界にいる人物絡みの事件だったからだろう。

前東京都知事の猪瀬氏とは、ノンフィクション系文学賞の選考会席上で、突っ込んだ議論を交わすなどして、互いの人柄と作家としての力量を認め合っている間柄だったので、金にまつわる疑惑は意外だった。

舛添氏とは面識がないが、学者時代、さらには国政の場にいた当時は、金銭絡みのトラブルとは無縁の人物に見えた。

この度の一件が報じられた時、反射的に思い出したことがある。

およそ30年前の1980年代半ば、その年の歳末から翌年2月にかけて、筆者は世界最大の砂漠サハラ南部を西から東に横断した。思い出したのはその折に出会った1人の米国人女性が口にした、とても印象的なせりふである。

筆者が彼女と出会った場所は、サハラ砂漠の南縁に広がる、サヘルと呼ばれる砂漠とサバンナの境界で、住民の平均寿命が30代半ばという世界の最貧地帯。これに着目した民放テレビ局が、サヘルを舞台にした難民絡みの貧困問題をテーマとする番組を企画し、筆者がリポーターとして現地に赴いたのがきっかけだった。

彼女はこの番組の趣旨に賛同し、支援してくれることになった国連の現地職員で、ガイド兼通訳として筆者たちの前に現れた。トウモロコシのひげのような髪の毛を無造作に束ねた小柄で魅力的な女性で、米国人には珍しく、地域公用語のフランス語をほぼ完璧に話す、ハーバード大学出身の才媛だった。

連日筆者らの四輪駆動車に同乗し、昼間は赤道直下の太陽が照りつける灼熱《しゃくねつ》、夜には氷点下という厳しい状況の中、砂まみれになっての仕事ぶりは、見事としか言いようがなかった。

取材終了間際の夕刻、その国の首都に置かれた国連難民救済組織を統括する人物に会う機会があった。場所は街の中心部からやや離れたところにある組織トップの公邸。門前に着いて、その豪華さに度肝を抜かれた。

取材現場だった村々の夜は、満天の空にちりばめられた星の明かりだけが頼りだった。だが、その公邸は自家発電装置完備の別天地。涼しい部屋でわれわれを接見したその人物は、北ヨーロッパの某国出身で、親切で如才ない男だった。だがその後、筆者らを慰労するためという名目で開催されたパーティーには驚いた。

その都市の市長をはじめ、外国の公館職員、地域の有力者など、肌の色はさまざまだが、30人ほどの人々が集まってきた。

ガイド兼通訳の彼女はシングルマザーで、寂しい思いをさせた子供との時間を大切にしたいからと、早めに席を立った。パーティーは深夜まで続き、その間高価なシャンパンやワイン、ブランデーなどがどんどん抜かれ、日頃ぜいたくとは無縁の筆者らをおじけづかせた。

翌日夜、この国での取材を終えるに当たって、献身的に働いてくれた彼女を囲んで、ささやかなお別れの夕食会を行った。席上筆者らが前夜の豪華なパーティーを褒めそやすと、彼女は一瞬表情を曇らせて言った。

「代表は元ジャーナリストで、私がスイスで勤務していた頃からの上司だけど、当時はごく真面目な人だった。ここに来てから人が変わった。権力という名の魔性に取りつかれたみたい」

彼女のせりふを思い出しながら、ふと思った。やはり舛添氏に取りついた魔性はセコイ、と。


（2016・6・24）

日本語的「ポピュリズム」

日本語はタフな言語だと思う。その融通無碍《むげ》さに感嘆させられる。とりわけ外来語を吸引する力は、世界のあらゆる言語の中でもトップクラスなのではないか。でも時に、独自の意味に変換してしまうことがある。

近年、とりわけ今年よく耳にする「ポピュリズム」にもそんなにおいが感じられる。6月早々に参院選の準備が始まり、首都圏では大騒動を経て都知事選の動きが重なった。それを受け、マスメディアの世界で、ポピュリズムという言葉が飛び交った。

自らの浅学ぶりを白状するようで恥ずかしいが、商売柄、言葉の意味を辞書に頼りがちなせいもあって、筆者は長い間ポピュリズムの意味を取り違えていた。

新聞やテレビに登場する識者の言動などから、これはどうやら、ウケ狙いの大衆迎合的な言動を指す言葉だと理解したのは、割合最近のことである。

昨夏以降、米国の大統領選絡みで登場したトランプ氏なる人物の存在も、筆者のポピュリズム理解に貢献してくれた。彼の人種差別的、宗教や民族に関する排他的言動が、日本のメディアではポピュリズムの典型として扱われている。

だがそれは、辞書などに載っているポピュリズムとは、かなり違う意味合いとしての扱いだ。筆者は慌てて30年以上も前から常用している、中型英語辞書「新簡約英和辞典」（研究社刊）を書架から引きずり出して「Ｐｏｐｕｌｉｓｍ」を引いた。

掲載されている訳語を目にして安堵《あんど》した。▽（米）人民党（People's Party）の主義、政策▽革命（１９１７年）以前の共産主義（以下略）―。自分が理解していたポピュリズムに近い訳語だった。

それにしても、である。これが現在のポピュリズムとどうつながるのか。

さらに慌てて、これも30年以上お世話になっている「広辞苑」（岩波書店刊）で、ポピュリズムを引いてみた。１８９０年代の米国の第３政党、人民党（ポピュリスト党）の主義。人民主義―とあった。

前述の英和辞典とほぼ同じだ。人民党は不況に伴う農民らの不満を受けて結成され、銀行などエリート層に敵対的な政策をとった。この辞書は１９８４年に発刊されており、編さんされた時点では、ポピュリズムは現在のような使い方ではなく、本来の意味で捉えられていた、ということなのだろうか。

ならばと思って、手持ちの辞書の中で最新（といっても前世紀末の1998年刊）の「大辞泉」（小学館刊）に当たってみた。そして、がくぜんとした。ポピュリズムという語は存在しない。

ほぼ同時期に入手した「大辞林」（三省堂刊）にも手を伸ばしてみたが、ここにもポピュリズムなる語は載っていなかった。

いったい、どうなっているんだ。

答えは、破れかぶれになってのぞいたウェブの中にあった。「日本大百科全書」（小学館）に登場するポピュリズムの解説だ。

「大衆の支持を基盤とする政治運動（中略）日本では『大衆迎合主義』『衆愚政治』などと否定的に使われることがある」

出た！　これぞ現代、21世紀の解釈。

と、喜んでみたものの、どうも本家の米国とは微妙にニュアンスが違うようだ。知り合いの米国人ジャーナリストに聞いたところ、「ポピュリズムという言葉はプラス面の評価も含んでいる」とのこと。民衆の不満に根差す政治は、米国では血肉化しているということか。

日本のように否定的な側面ばかりが強調されているわけではないようだ。「大衆迎合主義」と言ってしまえばそれまでだが、そこに米国のような切実さはない。中身はさておき、外側の飾りだけを借りてきたような印象だ。

だがこれは、外来の言葉が日本語化する典型例ではないか。ポピュリズムのポピュリズム化だ。やっぱり日本語ってタフだと、つくづく思った。

（2016・7・20）

人類の限界への挑戦

ようやくほとぼりが冷めてきたが、リオデジャネイロで開かれたオリンピックには参った。積年の怠惰がたたり、8月末日厳守という千枚前後の原稿と格闘しつつ、仕事机越しにテレビ画面をちらちら見ては興奮し、その合間にこの原稿を書いている。ある意味オリンピックにも似た、人類の限界への挑戦である。

それにしても、今回のオリンピックはすごかったと思う。物書きという仕事柄か、筆者は何事にも斜に構える悪癖がある。例えばオリンピックでも、世間さまがこぞって楽しんだり興奮したりしている時、あえて背を向けていることが多かった。

なのに今回は頭に血が上り、切羽詰まった仕事をしながらも興奮し続けた。とりわけ陸上競技トラックの男子４００メートルリレーで、日本チームが銀メダルを獲得したのには参った。誰一人９秒台で走れる選手がいないのに、あろうことか、あの米国に先んじてゴールしたのだ。

世界一のバトンタッチがもたらした成果だと、テレビでその精緻なテクニックが紹介されたが、私には理解できなかった。１００分の１秒を競う中で、どうしてあんなことができるのか。すご過ぎる。

と、ここまでは良かったのだが、この辺りでまた悪癖が頭をもたげてきた。これも商売柄なのか、その理由や原因を詮索したくなってしまったのだ。

なぜ日本人は、チームプレーになると個人の能力を超えて見違えるように強くなれるのか。過去のオリンピックでもそうだったのだろうか。そう思った途端に、視線は目の前の原稿から完全に離れてしまい、脳みそは数十年前の記憶を手繰ってあちこち巡回し始めた。

自分が直接記憶しているオリンピックは、1952年、フィンランドのヘルシンキで開催された第15回大会である。年号では昭和27年。筆者が小学校5年生の夏だった。当時まだ一般家庭向けのテレビ放送は始まっておらず、オリンピック絡みの報道も、専ら新聞とラジオが担っていた。なのに筆者が、ある程度具体的な人名や記録を覚えていられたのは、親が勉強嫌いの筆者の先行きを危ぶんで、毎週発行される小学生向け新聞を講読させてくれていたからだ。

この時の記憶は妙に鮮明である。とりわけ終戦直後から世界新記録を連発し、日本人に勇気を与えてくれた競泳の古橋広之進選手が、この大会の400メートル自由形決勝では8位に終わったと知って、心底がっかりした。

一方、国内ではあまり有名でなかった鈴木弘選手が100メートル自由形決勝で57秒4でゴールし、銀メダルを獲得。競泳以外でうれしかったのは、能代市出身の小野喬《たかし》選手が体操の跳馬で、銅メダルを獲得したことだ。

こうして記憶をたどっているうちに、ついに我慢できなくなって仕事を放り出し、インターネットでヘルシンキ・オリンピックを検索した。

そしたら何と、ここでもちゃんと競泳の800メートル自由形リレーで、鈴木弘、浜口喜博、後藤暢、谷川禎次郎の4選手が銀メダルを獲得しているではないか。この時すでに、チームプレーに強い日本の伝統が頭をもたげている。

それにしても、と改めて思う。リオのオリンピックの競泳の100メートル自由形決勝では、男子の上位が47秒台、女子は52秒台で泳いでいる。わずか半世紀余りで男子は10秒、女子では14秒も速くなっている。

前述の陸上競技男子400メートルリレーだって、半世紀前の日本人ならあり得ないような好記録でメダルを獲得している。人類の限界はまだまだ先にある。

そう思ってにんまりしていたら、「どうですか。あと1週間ですよ」と、担当編集者から原稿待ちの「限界」を確認する電話がかかってきた。この限界に対応するのは筆者には不可能で、今できることは枚数の削減か締め切りの延長しかない。この責任は、限界を超えた一流アスリートたちに取ってもらいたい。

（2016・8・26）

１００歳のアウトロー

あっという間に夏が終わり、気が付くと早9月も半ばを過ぎた。亡父が生前口癖のように、時の流れにはドップラー効果のようなものがあり、高齢になるほど時間が圧縮され流れが速くなると言っていたことが、実感として分かる日々が続いている。

9月中旬から下旬にかけては、敬老の日などの祝日を含むシルバーウイークでもある。17日から19日までの3連休は終わったが、22日から25日にかけては、23日に休暇を取れば4連休という、ゴールデンウイーク並みの日々が続く。

筆者のような自由業者にとっては、さほどありがたみを感じるわけではないが、今年は思わぬ喜びのお裾分けにあずかった。

連休初日の17日。約1カ月前に１００歳の誕生日を迎えた義母、すなわち連れ合いの母に、内閣総理大臣名義の祝い状と銀杯、住み着いて30年余りになる横浜市の市長名で、祝い状と風呂敷が送られてきたのだ。

義父が他界した約30年前から、筆者らと同居している義母は、大正5（1916）年8月14日、まだ江戸の名残をとどめる東京の下町でこの世に生を受けた。父は火消し組の纏《まとい》持ち、母は着物屋の娘という、典型的な江戸前の家の出自である。

義母はとりわけ父方の血を濃く受け継いだようで、およそ40年前に初めて出会った時から、筆者は彼女の伝法な言葉遣いと振る舞いに圧倒され続けてきた。

本人に言わせると「あたしがこうなったのは生まれつきではない。終戦直後、夫が戦死公報が出たまま帰ってこないので、新橋駅前一帯を仕切っていた関東松田組組長、カッパの松こと松田義一さんに取り入って、露天商として働いた時に身に付いた癖だ」。

さすがに80歳を過ぎた頃から人間が丸くなり、以前ほどの迫力はなくなった。

ところがこのたびの祝い事で、久しぶりに復活した。総理大臣名で送られてきたきり箱入りの銀杯を受け取り、手に取って喜ぶ母に、一人娘である筆者の連れ合いが発した、余計なひと言がきっかけだった。

「見掛けは奇麗だけど、この銀杯はメッキだって。去年までは本物の銀だったけど、今後100歳以上がどんどん増えることが分かって、今年から銀メッキにしたんだって」

このひと言が、一世紀を生き抜いてきた義母のプライドを直撃した。

「なにっ、これはまがい物なの？」

「まがい物ではないわよ。ただ、銀無垢《むく》ではないだけ」

「なんだ偽物か。じゃ、こんな物いらない」

予想外の反応に、連れ合いが慌てた。

「偽物だなんて言ってないわ。正真正銘の総理大臣からの贈り物。だからお父さんの仏壇に供えて報告しなさい」

「そんなことおまえに言われる筋合いはない。あたしはいらない。欲しいならおまえにやる」

これに母似で気が強く、子役時代から30年以上芸能界にいた連れ合いが逆ギレした。

「そんなこと言わないで、素直に喜んだらどうなの」

「うるさい。おまえ、近頃態度がでかいぞ。言っとくけど男の数じゃおまえに負けないからな」

このひと言に、仲裁に入ろうとした筆者が仰天した。連れ合いもしばらく言われたことの意味が分からず、ぼうぜんとしていた。

義母は若い頃、擦れ違う男性の大半が振り向いて見るほどの美形だったようだ。そのプライドと終戦直後の焼け跡生活で培ったアウトロー精神が、100歳になった今、いつにない刺激を受けて頭をもたげたらしい。
本紙14日付1面に、「100歳以上6万5692人」という記事が掲載されていた。その87％余りが女性だとも。中には愛する人が戦死したり、戦災で家族を失ったりして、戦後のあの時代をわが身一つで生き抜いた向きも、少なからずいるはずだ。いきり立つ義母を目の前にして、そんな世代に対してメッキの銀杯は一考の余地ありかな、などと思ったりした。

（2016・9・21）

巨匠時代の終焉

さる10月9日、いまや伝説的作品となった「灰とダイヤモンド」「カティンの森」などで知られるポーランドの映画監督、アンジェイ・ワイダ氏が他界した。身内の死、とまで言うと僭越《せんえつ》だが、かつては狂の字が付く映画好きだった筆者にとって、ワイダ監督の死はそれに近い衝撃だった。

高校時代から、マスコミに身を置いていた40代前半ぐらいにかけて、週1回ほどの頻度で映画館に通った。当時は日本映画の全盛期だったが、筆者はどちらかといえば洋画に傾倒した。

とはいえ特定の好みや傾向はなく、古くは「シェーン」などに代表される西部劇、「第三の男」や「レベッカ」などミステリーの名作、さらには「ジェーン・エア」「キリマンジャロの雪」など名作文学が映画化されたものなど、手当たり次第に見た。いわば乱読ならぬ乱視聴である。

中には一度見ただけでは気が済まず、財布の底をはたき、時には腕時計を質に入れて、同じ映画を何度も見に行った。例えば１９５８年に公開された、アルフレド・ヒチコック監督の「めまい」は、ロードショーから二番館上映にかけて、続けて10回以上見た。

「めまい」に魅了された理由は極めて単純で、その華麗な映像美とスリリングな展開に圧倒されたからである。

冒頭のタイトルバックからして、それまで見たこともないファンタジックなもので、女性の瞳の奥からせり出してくる、渦巻き状のペンジュラム（振り子）の妖しくも濃密な雰囲気に鳥肌が立った。当時の映画界屈指のタイトル・デザイナー、ソール・バスの見事な仕事ぶりは、半世紀余りの歳月を経てもなお絢爛《けんらん》として記憶の中に生きている。

たまたま「めまい」と同じ58年に公開された「灰とダイヤモンド」については、実のところ劇場映画として見たのは1回だけである。それも完成からおよそ12年余り後の、70年代冒頭だった。

場所はスウェーデンのストックホルム。当時在籍していた若者向け週刊誌「平凡パンチ」の取材で滞在中のことで、筆者にとってこの出会いは、生涯を通じての僥倖《ぎょうこう》となった。

周囲から、あるいは自らが身を置いている時代からさまざまな圧力を受けつつ、一つのテーマに取り組むに当たってのノウハウを、この作品および以後の彼の生き方から教わることができたからだ。

「灰とダイヤモンド」は、ソ連の衛星国と化したポーランドの地下で反体制運動に挺身《ていしん》する若者の挙動を描くことで、それまでのレジスタンスの概念を覆した。さらに、掲げた美辞麗句とは裏腹に独裁化した社会主義の末路を描いて衝撃的だった。

ワイダ監督が「灰とダイヤモンド」を製作、公開した58年という年は、世界初の社会主義共和国ソ連を、米国に対抗し得る超大国に押し上げたスターリンが没して5年。スターリン批判を行ったフルシチョフが最高指導者としての地位を固め、西側諸国との平和共存外交を進めて一時的な雪解けムードが漂っていた時期でもあった。

フルシチョフは、後にペレストロイカを掲げて社会主義の民主化を目指したゴルバチョフの、先駆と言っていい存在だった。それまでの硬直した社会主義あるいは共産主義独裁のたがが緩み、それが衛星国の東欧諸国にも飛び火した。

とりわけポーランドは、第2次世界大戦初頭、ナチスドイツとソ連の挟撃を受け、戦後はソ連の支配下に置かれたという経緯もあって反応が速かった。

そんな環境にも支えられて、ワイダ監督は彼が身を置く社会状況、あるいは時代そのものに、真っ正面から向き合う作品を次々に発表、20世紀後半を代表する映画界の巨匠の一人となった。

インターネットやコンピューターグラフィックスなどの出現で、社会における映画の立ち位置や訴求力は大きく変化した。ワイダ監督の死は一つの時代の終焉《しゅうえん》である。彼のような巨匠も、それを生み出してきた映画界も遠い時代のものとなり、歴史という枠組みの中に納まった。

（2016・10・22）

作家が放つ毒気の魅力

東京は早くも晩秋に差し掛かった。

一概に読書の秋というが、これは読む側だけではなく、書く側のモチベーションにもつながっているようだ。筆者のような古だぬきの領域に入った物書きにとって、この時期恒例の行事の一つに、他人さまの文章を大量に読まされることがある。

年の功で仰せ付かる文学賞の候補作、同業者の新作の書評、その間隙《かんげき》を縫うようにして届く、見知らぬ方からの生原稿—。

傑作、労作、佳作から名作ならぬ迷作まで、文学低迷時代とされる世情とは裏腹に、書くことに情熱を傾ける方々がたくさんおられることは、誠に心強い限りだ。

半面、こんなことでいいのかと思うことも少なからずある。中でも気になるのが、あまりにも上品で毒気のないものが多いことだ。

誤解のないように付け加えるが、取り扱う題材や表現については、スキャンダラスでえげつないものが、十分過ぎるほど氾濫している。それとは別次元の筋書きや構成、とりわけ文章が類型的で無難、今という時代の流れに寄り添ったものが多過ぎるのだ。

この十数年、心のどこかに漠と感じていたことだが、この秋特にそう思ったのは、たまたま筆者が手にした作品の中に、これは参ったと言いたくなる、毒気に満ちたいくつかの作品があったからだ。

その典型が、さる10月29日に秋田市で開催された「ふるさとと文学」というイベントで取り上げた、石川達三の一連の著作である。文学を愛好される読者なら先刻ご承知の通り、石川達三の「蒼氓《そうぼう》」は、芥川賞第1回受賞作である。

純文学といえば自らの身辺を描く私小説が幅を利かせていた当時、石川はそれに真っ向から挑むかのように、当時の昭和不況を背景にしたブラジル移民に題材を求め、今風にいうなら社会派小説を書き上げた。

文章もそれまでの私小説とは異なる、スピード感あふれる文体で描かれている。今でこそ当たり前と言えるこの文体も、当時は革命的ともいえるものだった。

逆の見方をすれば、この作品が純文学の賞であるはずの芥川賞を受賞したのは、ある意味奇跡としか言いようがないとも言える。現在なら直木賞の対象にはなっても、芥川賞の対象にはなりそうもない気がする。

もう一つ、まさに毒気の極致のような作品に出会った。かつて純文学志向の若者たちの間で、埴谷《はにや》雄高《ゆたか》などと共にアイドル的な存在だった、島尾敏雄の「死の棘《とげ》」である。

初出は昭和35（1960）年で、半世紀余りも前のことだった。この時は短編集の中の一作として発表されたが、17年後の昭和52年、別の出版社から全12章の長編として、同名の「死の棘」で刊行された。

内容を一言で言うなら、夫の日記を読んで彼の不倫を確認した妻が精神に異常を来し、以後生涯にわたって自らの狂気で夫を束縛し続けるという、いわば「暗い」テーマを扱った作品である。

主人公は作者の妻島尾ミホで、彼女の振る舞いを、作家である夫島尾敏雄の視点から見詰めつつ描いた、いわば私小説の権化のような作品なのだ。なのに筆者がこの作品を毒気の塊と感じたのは、その途方もない展開が、実は妻ミホと作者島尾が、共に演じ続けたある種の狂言を、そのまま描いたものだと知ったからである。

具体的にいうと、作者島尾の不倫の対象は、愛人と妻の一人二役を演じたミホであり、その過程を日記として記録した文章を小説に仕立てたものが、「死の棘」だったということだ。

このことを筆者に知らしめてくれたのは、つい最近刊行された評伝「狂うひと」（梯《かけはし》久美子著・新潮社刊）である。「死の棘」という作品に満ちた毒気の正体を、10年に及ぶ取材で暴こうとした「狂うひと」も、近来まれにみる毒気に満ちた作品だった。

（2016・11・19）

言論の自由とポピュリズム

ポピュリズムを標題に掲げて時評を書くのは、7月に続いてこれが2度目である。前回はポピュリズムなる言葉のあまりの氾濫ぶりに驚き、この言葉の語彙《ごい》にまつわる自らの無知をテーマに、言葉の真意を探すような内容だった。
今回あえて同じ言葉を取り上げ、しかも言論の自由絡みという、やや大げさな土俵で考えようとしているのは、今月半ば、筆者が在籍している日本ペンクラブの会合でのちょっとしたやりとりがきっかけだった。

ペンクラブが掲げている唯一にして絶対の活動方針が、言論の自由である。会合の後半、懇親会化した会場で筆者を含む数人の会員がグラスを片手によもやま話をしている中で、作家の一人がぼそりと言った。

「今年はわれわれが掲げている金科玉条が弱体化した年として、記憶されそうな感じになってしまったな」

「本格運用されるようになった特定秘密保護法か？　だがあれは基本的に官僚が対象だ。物書きへの影響は限定的だろう」

「いや、俺が言っているのはそんなローカルな話じゃない」

「しかし海外、例えば米国の防諜《ぼうちょう》法、英国の公務秘密法はもっとえげつないぞ」

当初、筆者はそんなやりとりの枠外にいて聞き役に徹していたが、程なく言い出しっぺの作家が何を言いたいのかに気が付いて割り込んだ。

「つまりこういうことだろう。昨今のように言論の自由が野放図かつ無責任なポピュリズムの道具にされると、権力による抑圧に対する個人的人権の基幹という本来のかたちから逸脱して、社会の大半が全体主義に向かう流れの方便になってしまう」

「その通りだ。結果がどうなるかはまだ分からないが、例えば昨今の米国やフィリピンの政治状況がそれだ。だからといって、言論の自由の拡大解釈を規制するのは極めて困難かつ危険だ。一つ間違うと戦前戦中の日本の軍事独裁や、現代の一部の国のような独裁の出現を招きかねない」

荒っぽい論理だが、確かに一理ある。

紛れもなく正論、あるいはまっとうな政策を主張しても、その場限りの巧みな言い回しで語られる、耳に心地よいポピュリズム的な言動になびく人が多ければ、正論は社会への影響力を失ってしまう。

とりわけ自分が今、恵まれていない、あるいは不幸な境遇にあると思っている人々が多い状況では、そうなる可能性が高くなる。言論の自由という、民主主義社会にとっては不可欠の約束事が詭弁《きべん》の裏付けとなり、まっとうな意見や論理を抹殺する毒薬になってしまうのだ。

こうした逆転現象が人間社会の秩序を破壊し、世界大戦を惹起《じゃっき》するという出来事が、過去の歴史の中で実際に起きている。代表的な例が第1次世界大戦で敗北し、帝政から民主主義国家に変貌したワイマール共和国（ドイツ共和国）である。

約14年しか存続できなかったこの国が、後世に残したものは少なくない。今に至る華やかな芸術や、多くの科学技術の源流がワイマール共和国である。半面、この国は経済的には破綻していた。第1次世界大戦の莫大《ばくだい》な賠償金と、1929年の世界大恐慌が市民生活の格差を拡大し、国内に不満が鬱積《うっせき》した。

そこに登場したのが、アドルフ・ヒトラーである。ほぼ完璧な言論の自由の下、ポピュリズムの権化ともいえる弁舌で、33年に政権の座に就き、悪名高い全権委任法を成立させて独裁者の地位を獲得した。

言論の自由とポピュリズムは、ある意味、表裏一体である。当初のポピュリズムは冗談の範疇《はんちゅう》に近かったが、今は経済のグローバリズムとその落とし子である格差という追い風を受け、世界を未知の方向にいざなおうとしている。

それを阻止する方策は、やはりまっとうな言論の自由しかない。懇親会の場の立ち話の結論はこれだったが、それを死守するのはメディアか政治かについては意見が割れた。

（2016・12・24）

ケネディ大使離任への思い

さる1月18日、キャロライン・ケネディ駐日米大使が、3年余りの任務を終えて離日した。大使の離任あいさつがネットの動画ニュースで報じられているのを見て、自らのうかつさにじだんだを踏んだ。

米大統領選の結果、主要国駐在の米大使が、かなり入れ替わることは承知していた。だがこの数カ月は柄にもなく本業の原稿書きに没頭、世間の動向に対する感覚が鈍っていて、ケネディ大使が離任するとは思っていなかった。

そうか、大使は帰られるのか。漠然と大使の別れの言葉を聞いているうちに、ふいに込み上げてくるものがあって、落涙した。

オバマ大統領の広島訪問や沖縄の米軍基地を巡る発言は、過去の駐日米大使には例を見ない、大使自身の思いが込められたものであった。だが筆者が心を揺さぶられたのはそんな高邁《こうまい》な理由ではなく、個人的な思いからである。

55年前の1962年2月、大使の叔父で当時米司法長官だったロバート・ケネディ氏が来日、筆者が在籍した大学で講演を行った。

講演終了後、筆者ら何人かの学生がステージ裏まで追い掛けて、面談を希望した。事前の申し出抜きの乱暴な行動で、しかも願い事を記した文書まで携えていた。

当時筆者は探検部なる部活の一員で、世間的には常識外れと見なされても仕方がない計画を練っていた。ケネディ氏に手渡そうとした文書はその計画書であった。下手な英語で願い事の内容を説明し、脇に立っていた秘書のような人物に稚拙な英語でつづった計画書を手渡した。

計画の概要は、南北両アメリカ大陸の先住民族であるエスキモーやインディアン、インディオなどは、われわれと同じモンゴロイドであることを身をもって証明することだった。

具体的にはユーラシア大陸と北米大陸を隔てるベーリング海峡を、凍結する厳冬期に徒歩で横断すること。マンモスを追って人類がアジア大陸からアメリカ大陸に移住んだという、いわゆる「ベーリング陸橋」説をわが身で立証したかったのである。

時あたかも東西冷戦の真っただ中。自由を標榜《ひょうぼう》する米国も、ベーリング海峡を挟んでソ連と間近に向き合うアラスカ西部のスワード半島先端一帯は、外国人の立ち入りを厳しく規制していた。

ケネディ氏に託した文書は、そこに立ち入らせてほしいという要望書である。日米安保闘争が激烈を極めて日米関係も緊張していた時期であり、駄目もとの行動だった。なのにおよそ1カ月後、在日米大使館経由で望外な内容の返信が届いた。現地立ち入りを認めるというケネディ氏署名入りの手紙に、数十枚に及ぶ厳冬期のベーリング海峡一帯の航空写真が添えられていたのだ。予想をはるかに上回る温かい反応で、それまで五里霧中だった計画が一気に動きだした。

後に分かったことだが、当時ケネディ氏は、米中央情報局（ＣＩＡ）のジョン・マコーン長官の実質的な上司でもあった。ケネディ氏を通じて情報機関のトップが日本の学生たちの無謀ともいえる要望を理解し、規則を曲げてまで立ち入りを認めてくれたということだろう。

おかげで筆者らは、ベーリング海峡に面した小さな村で、2度にわたって越冬することができた。その時の鮮烈な経験は、筆者のその後の人生を変えた。若き日の感謝の思いは、半世紀余り経過した今も心の奥深いところにある。

ケネディ元長官は、筆者らがお世話になってから6年後の１９６８年6月、中東系米国人の男に狙撃されてこの世を去った。そのめいである大使の在任中、一度でいいからお目にかかって、叔父上に対する深い感謝の思いを伝えたいと思っていた。

そのための方便と言ってはなんだが、筆者が在籍している日本ペンクラブにお越しいただき、講演をお願いするつもりでいた。これまでクロアチアなど欧州の複数の国の大使が講演しており、ある程度の実績もある。

大使自身も大統領であった父が暗殺されている。余人には決して体験できない凄惨《せいさん》な記憶の持ち主に、今という時代について語っていただきたかった。

（2017・1・21）

アメリカンドリームの行方

時評執筆を仰せつかって既に20年余りの歳月が流れたが、毎回何を書こうかと悩むいわゆるネタ探し、あるいはネタの選別に苦労するのは当初も今も変わらない。例えば現時点でも、世界中を震撼《しんかん》させている北朝鮮の身内同士の権力闘争、しかも一国の指導者絡みが疑われている金正男《キムジョンナム》氏殺害事件となると、将来の歴史小説のネタにはなっても目先のネタにはなりにくい。

さて、どうしようかと頭を抱えているところに、同じ一国の権力者でも国家としてははるかに巨大な国のリーダーが、格好のネタを提供してくれた。それは前世紀、2度にわたる世界大戦と40年余りに及ぶ冷戦を勝ち抜いて、世界の確固たる覇権国家となった米国の大統領である。

子供の頃なじんだカードゲームと同じ姓を持つトランプ氏は、選挙戦段階から既に歴代の大統領とは大きく異なる政策というか、主張を掲げていた。それは、米国の基本的なありようと真っ向から対立するものであった。にもかかわらず、かつては既得権者で、今は新たに移民として入ってきた人々にその座を奪われたという被害者意識を持つ白人労働者層の支持を得て当選したのである。

ちなみに米国の基本的なありようとは、異民族と異文化に対する巨大な包容力と、徹底的な言論・表現の自由を大切にする姿勢である。この二つが、時に乱暴な振る舞いもあったこの国を世界のリーダーに押し上げ、アメリカンドリームという言葉に象徴されるように憧憬《しょうけい》の対象にすらなってきた。

故に選挙戦中、多民族国家である米国の根幹を否定するような発言があったにしろ、それは選挙戦を戦い抜くための方便で、当選したら彼もこれまでの大統領がそうであったように、アメリカンドリームの実現を目指す指導者になると考えて投票した人が、たくさんいたに違いない。

ところが、である。大統領就任後の彼の発言はますます過激かつ乱暴になり、この国の憲法に抵触するような言行も一度ならずあった。

そして今月21日、ついに行政レベルにも彼の言葉が反映された。不法移民の取り締まり強化に関して、国土安全保障省が新しい指針を発表したのだ。この指針によると、交通違反や万引などの軽犯罪でも強制送還の対象になり、メキシコ国境から不法入国した外国人は、その国籍を問わず全てメキシコに送り返すとしている。

不法移民というとあまりいいイメージではなく、見方によっては当然の措置だと考える人も少なくないだろう。しかし、米国の来し方を見れば、これまでの繁栄と異文化に対する包容力は、かなりの部分、こうした「裏口」からの移民たちによって支えられてきたのも否定できない事実である。

当然ながら国内外からの反響も大きくなった。とりわけ米国内のメディアは、この国の伝統的価値観の筆頭ともいうべき言論の自由を最大限発揮して、こうしたトランプ氏の言行を厳しく批判した。

これに対するトランプ氏の姿勢も、これまでの伝統や慣行を無視する強烈なものであった。今月24日、ホワイトハウスは大統領報道官による記者説明から一部メディアを締め出した。記者説明に出席できなかったメディアの中にはニューヨーク・タイムズ紙やCNNテレビなど、この国を代表する報道機関が含まれていた。

前述したように、米国は時に問題となる振る舞いをしたにしろ、言論の自由に対する揺るぎない姿勢と、異文化へのおおらかな抱擁力を堅持してきたことは、われわれ他国に住む者たちをも魅了してきた。

なのにそれが、米国民が批判してやまなかった独裁国家と似たような状況になりつつある。この事態が、アメリカンドリームの終焉《しゅうえん》を告げる弔鐘にならぬことを切に望む。

（2017・2・28）

オルタナ右翼と大統領

筆者は一介の小説家にすぎない。故に時評で取り上げる話題も、専門知識や高度の知見を必要とする政治や経済については、あえて敬して遠ざけてきた。

なのに先月、発足したばかりの米国トランプ政権を取り上げたのは、取材などで米国をほぼ毎年訪れ、その都度、異文化に対する許容量の大きさに感服しつつ、恩恵を被ってきたからである。

あれからすでに1カ月。この間伝わってくる米政権絡みのニュースは、いまだ閣僚が出そろわないなど、これがあの米国の政府かよ、と言いたくなるようなものばかりである。

とうとう我慢できなくなって、長年取材などで世話になってきた、米国西北部在住の友人ジャーナリストに、電話で教えを請うた。いったいどうなっているんだ、と。

彼の説明は明快かつ辛辣《しんらつ》だった。

「どうもこうもない。トランプは政治に関してはまったくの素人で、日々の言動は側近のスティーフェン・バノンに言われたことを、そのまま口にしているだけだ」

「スティーフェン・バノン？」

「トランプが大統領になって真っ先に指名した首席戦略官兼上級顧問だよ。オルタナティブ・ファーライトの親玉だ」

オルタナティブ・ファーライト？　直訳すれば、もう一つの極右翼？

「どういう意味か分からないが、要するに超保守主義者？」

「そうだ。いわば右翼の過激派だよ」

そう言って友人は、このバノンなる人物について簡潔に説明してくれた。

バノン氏は１９５３年11月27日、バージニア州生まれで、アイルランド系。元々は民主党の支持者で、自分はレーニン主義者だというのが売り言葉だった。

知人の間ではスティーブ・バノンと呼ばれている。バージニア工科大卒業後、ジョージタウン大、ハーバード大ビジネススクールでそれぞれ安全保障論と経営学の学位を得た。

「元来、彼は努力家で真面目。自称しているように、一時はマルキシズム（共産主義）に傾倒した時期があったらしい」

そんなバノン氏が、一転して過激な保守主義に走ったのは、インターネットメディアの世界に首を突っ込み、ブライトバート・ニュース・ネットワークなる、オンラインメディアの経営を引き継いでからだった。

「このメディアで彼が主張したのは、まさにトランプ大統領が選挙戦で主張した右翼ポピュリズム、具体的には移民を拒否する白人ナショナリズムだった。これがデトロイトといった、かつて米国が世界の主導権を握っていた自動車産業などの拠点で、移民に職を奪われたと思っている白人労働者からの支持につながった」

その彼が、大統領選でトランプ陣営の総指揮者になった。この事態に真っ先に反応したのが、選挙戦で熾烈《しれつ》な競り合いを演じていた、民主党候補のヒラリー・クリントン氏だった。

危機感を持った彼女は「トランプ候補は、共和党がオルタナティブ・ファーライト、すなわち右翼過激派に乗っ取られることに加担している」と批判した。

この時、クリントン候補の視界にあったのが、トランプ候補のそばで選挙対策本部の本部長を務めていた、スティーブ・バノンその人だった。クリントン氏の予感は当たり、バノン氏は結果的にトランプ大統領誕生に大きく貢献した。

この結果に衝撃を受けたのは、クリントン氏をはじめとする米国人だけではなかった。わが日本でもバノンなる人物と、彼が主導する右翼ポピュリズムに、米国の今後を重ね合わせ、将来を危惧する人々が出始めている。一部のメディアには「オルタナ右翼」なる新造語も登場し始めた。

それにしてもこの辺りの経緯が、日本のメディアでは、あまり紹介されていないのはなぜだろう。

（2017・3・22）

67年前の「38度線」の記憶

4月16日付本紙2面の「米朝　一触即発の神経戦」を読んで、筆者はある種のデジャビュ（既視感）にとらわれた。とりわけ北朝鮮の最高指導者である金正恩《キムジョンウン》朝鮮労働党委員長の、ふてぶてしい落ち着きと笑顔に触れた記述に誘発された。

それにしても、なぜだろう。しばし頭を抱えたが、答えはじきに出た。引き金になったのは、現在取り組んでいる仕事関連の資料だった。米国の首都ワシントンの郊外にあるカレッジパークの第2公文書館などで入手した、朝鮮戦争絡みの文書である。具体的には米国の中央情報局（CIA）が残した、1950（昭和25）年6月半ばの要人動向記録だ。

以下はその一部の概略。

50年6月17日、ダレス米国務長官が突然羽田空港に飛来した。しかし東京都心には向かわず、そのまま飛行機を乗り換えて、韓国のソウルに直行した。その日のうちに韓国の初代大統領・李承晩《イスンマン》と会談。翌18日は北朝鮮との軍事境界線38度線一帯を視察した。

同じ18日、ジョンソン国防長官、ブラッドレー統合参謀本部議長ら、8人の米軍要路者が羽田に到着。空港から都心丸の内の連合国軍総司令部（GHQ）に直行、占領下の日本を統治している連合国軍最高司令官、マッカーサー元帥と極秘会談に入った。19、20両日の動静記録は空白だが、おそらく朝鮮半島に飛んだものと推測できる。21日には米海軍管理下にあった横須賀軍港に出向いて視察した。翌22日には沖縄に飛んで米軍基地の状態を確認。以後グアム、ウェーク島経由で、米国時間24日夕刻、ワシントンに帰着した。

翌6月25日未明（極東アジア時間）、金日成《キムイルソン》指揮下の北朝鮮軍が、38度線を突破して韓国になだれ込んだ。

何だ、これは。ダレス国務長官とジョンソン国防長官ら米軍関係者は、何をしに飛んで来たのか。そう言いたくなるような状況である。当時の米軍側は開戦間近という情勢を把握しながら、みすみす北朝鮮軍の侵入を許した。

このような状況になったのはなぜか。

答えは、ソ連崩壊直後のロシアから流出した大量の機密文書と、当時北朝鮮側の義勇軍として戦いに参加した、旧満州国軍関係者の回想録などから推測するしかない。

これらの資料を読み込んでまず実感するのは、当時ようやく革命を達成したばかりの中国と、それを支えたソ連を説き伏せて朝鮮戦争開戦に持ち込んだ、北朝鮮最高指導者である金日成の朝鮮半島全域支配を目指す執念のすさまじさである。

48（昭和23）年9月の北朝鮮建国から、約半年後の49年3月。腹心の朴憲永《パクホニョン》外相と共にモスクワを訪れた金日成は、ソ連共産党第1書記のスターリンにしがみつくようにして説得した。朝鮮半島全域の社会主義国家を目指す自分を、ぜひ支援してほしいと。この時スターリンは軍事援助には同意したものの、開戦には首を縦に振らなかった。

2カ月後の5月。金日成は、中国国共内戦で北京攻略を果たして意気上がる毛沢東を北京に訪問。太平洋戦争終結後の国共内戦を紅軍側について戦った、旧満州の朝鮮人部隊3個師団の派遣を要請。毛沢東は了解し、同年10月1日の中華人民共和国の発足後に、それを実行することが確約された。

こうした根回しを経て、50年4月下旬、金日成は再度モスクワを極秘訪問。ソ連軍幹部と先制攻撃の具体化を練り上げた。

そして約2カ月後の6月25日。実戦経験が豊富な旧満州朝鮮人部隊を先頭にして、北朝鮮軍が38度線を突破して韓国になだれ込んだのである。

あれから67年の歳月が流れた今、金日成の孫に当たる金正恩は、しきりに先達の遺徳を口にする。

その遺徳とは何か。自らのＤＮＡに刷り込まれた、あの時の記憶だとしたら、断じて願い下げにしたい。

（２０１７・４・25）

開かれた皇室の慶事

近頃あまり使われなくなった言葉の一つに開闢《かいびゃく》がある。筆者らの世代までは、なにかにつけて用いられた便利な用語だった。

戦後の皇室開闢以来さまざまな慶事があったが、今月16日に明らかにされた秋篠宮家の長女眞子さまと小室圭さんが婚約するというニュースは現在のきな臭い時間の流れに投じられた明るい話題だ。

この慶事を知った時、ある出来事を思い出した。1970年代半ば、筆者が芸能週刊誌で皇室担当だった頃のことである。秋口の午後、同じ特集班の同僚に声を掛けられた。

「ミカサさんという人から電話だよ」

誰だろうと思いつつ受話器を耳にあてる。落ち着いた男性の声が問い掛けてきた。

「ミカサだが、あなたは責任者か？」

「違います。どちらのミカサさんですか？」

「今日発売の週刊誌に出ている三笠だ」

がくぜんとした。電話の相手は、その号の著名人ファッション特集に登場いただいた三笠宮寛仁殿下だった。

「ひとこと言いたいので、来てくれるか」

それだけで電話を切ってしまわれた。来いといわれてもどこへ。即刻編集長に伝えた。「たぶん赤坂の三笠宮邸だろう。もめるとやっかいだから、今すぐ行ってこい」

編集長にこそ行ってほしかったが、仕方がない。一人で赤坂御用地に向かった。

広大な赤坂御用地には、皇太子殿下の東宮御所はじめ秩父宮邸などが点在していた。三笠宮邸は御用地西側の出入口から、もっとも遠い東端にあった。

邸内に入り、玄関脇の小部屋で少し待たされた後、殿下が出てこられた。この時の用件は、お太り気味の体躯《たいく》を衣服に無理やり詰め込むような着こなし、という表現がお気に召さなかったとのこと。

「ほかに表現が見つからず、申し訳ありません」とおわびした。殿下は浅黒い精悍《せいかん》な顔つきで聞いておられたが、やがてにやりとされ「まあ、事実だからしょうがないか」

当時はやり言葉だった開かれた皇室の流れは、1959（昭和34）年の今上天皇と美智子皇后のご成婚を嚆矢《こうし》とし、三笠宮寛仁殿下の型破りな言動がそれを大衆化した。皇太子と秋篠宮両殿下が、旧皇族や華族ではなく、市井の女性と結婚されたことが、国民との距離をさらに近づけた。

それを実感したことがある。2008（平成20）年6月15日。北秋田市の北欧の杜《もり》公園で、天皇皇后両陛下ご臨席のもと全国植樹祭が開催された。筆者もお招きいただき、前夜のレセプションでは陛下と直接お話しする機会にも恵まれた。

この時近作についてお尋ねがあったので、昭和天皇が皇太子当時遭遇された、拉致暗殺未遂事件を主題にした拙著「冬のアゼリア」についてお話しした。

　翌年5月、日本動物園水族館協会通常総会が秋田市で開催され、全体を統括した大森山動物園の小松守園長の推挙で、筆者も呼んでいただいた。

　筆者の役どころは、世界の辺境を旅した者の立場から、絶滅危惧種の現状を話すこと。続く昼食会では、協会総裁の秋篠宮殿下の隣席で、お相伴にあずかることだった。恐懼《きょうく》しつつ覚悟を決めて、殿下の左隣に着席した。そんな筆者に殿下は気さくに話し掛けてくださり、前年筆者が天皇陛下にお話しした拙著にも言及された。

「先日皇居で陛下にお目にかかった時、去年あなたが話した若き日の昭和天皇拉致未遂事件には、心底驚いたとおっしゃっていました」

　これで腹が据わり、その場で陛下への献本をお許しくださるようお願いした。殿下はさらりと、ならば宮内庁経由で自分に送るようにと言ってくださった。

　その秋篠宮殿下の長女眞子さまが、大学時代の同級生小室さんと婚約される。小室さんは早く父君を失い、いわゆる母子家庭で育った方だ。なのにそんな苦労を全く感じさせない、たくましくて礼儀正しい青年とお見受けした。慶事を心からことほぎたい。


（2017・5・22）

クニマスの姿が見え始めた

国の内外ともに混乱と波乱の連続で、筆者のような物書きにとっては、ある意味いい時代に居合わせたともいえる日々が続く。しかし、平穏かつ安寧な日々を過ごしている方々にとっては、いいかげんにしてほしいと言いたくなる時間の流れだろう。

そんな中で、思わず「やった」と快哉《かいさい》を叫びたくなるようなうれしいお誘いがあった。筆者の故郷である仙北市から、来る7月1日、田沢湖クニマス未来館という施設が竣工《しゅんこう》するので、ちょっと来いという呼び出しがあったのである。

仕事柄この手の招致は時々ある。しかし今回のように、やっとここまで来たかという思いに浸れたお誘いは、久しぶりだった。

この未来館では、山梨県西湖《さいこ》のクニマスの卵から人工授精してふ化させた5匹を水槽に入れて展示するという。実のところ、本当のゴールまではまだ道半ばの状態だと思うので、手放しで喜んでいいような話ではない。なのに込み上げてくるものがあったのは、ここに至るまでの地元有志の方々の頑張り、そしてそれを受け止めた行政の踏ん張りを、間近に見聞する機会に恵まれてきたからだ。

秋田県内なら、田沢湖とクニマスにまつわる歴史的な出来事について、かなりの方々がご存じだと思う。だが一歩県外に出ると、環境問題に関心のある人や田沢湖に旅した経験のある人は別にして、知っているのはごく少数だと言ってもいいだろう。

クニマスが田沢湖から姿を消すことになるのは、80年以上前の昭和7（1932）年ごろから数年間、東北地方を襲った大冷害への国を挙げての対応が発端だった。東北の惨状に驚いた政府が10年、困窮救済策として食糧増産を進めようと東北振興事務局を設置。翌11年、農業用水路である田沢疎水を整備するため、国策に基づく企業が設立された。管轄省庁は内務省、逓信省、農林省で、農業用水を確保するため玉川の水を田沢湖に引き込むことが3省合意で確定した。

12年には、田沢疎水整備に伴う開墾が始まった。16年12月には太平洋戦争が勃発して電気事業が国の統制下に入り、現在に至る田沢湖のダム化が確定。そうした一連の事業の中で、玉川の強酸性水が15年から田沢湖に流入し、クニマスを含むあらゆる魚類が絶滅したのである。

クニマスは田沢湖以外世界のどこにもいない固有種だった。絶滅したと思われていたその幻の魚が、7年前に山梨県の西湖で発見された。昭和10年に放流用として田沢湖から送られたクニマスの卵10万粒を元に繁殖したとみられている。水深423メートルの日本一深い湖である田沢湖は、ドラマチックな運命をたどったクニマスの故郷なのである。

そうしたストーリー性に満ちた湖が秋田にはまだある。秋田、青森にまたがる十和田湖は水深326メートルで、日本では3番目に深い湖だ。以前は魚が生息しない湖だったが、19世紀半ばに近くの川で捕獲され、放流されたイワナが最初の魚だと言われている。

20世紀初頭、北海道支笏湖産カバチェッポ（ヒメマス）の卵からふ化した稚魚約3万匹が十和田湖に放流され、養殖事業がスタート。以来、日本随一のヒメマス産地として知られるようになった。

そして八郎湖。かつては八郎潟として日本第2の湖沼面積を誇り、広大な汽水域に生息するシジミやシラウオ、カレイなど美味な水産物が取れることで知られた。当時の食料事情などの理由で昭和30年代には一大干拓事業の舞台となった。干拓後も残存湖の面積は田沢湖より広く、日本で18番目の湖沼面積を保っている。

個性的なこれらの湖は、今後基幹産業の一角を占めること必定の観光資源として、秋田の宝になるはずだ。とりわけ仙北市のように、人口減によって存続が危ぶまれる集落を多く抱える内陸部にとって、クニマス未来館が誕生する意義は大きい。

田沢湖では、30年近くも前から水質改善のために中和処理が行われている。魚影は戻ったが、クニマスがすめるまではまだかなりの年月を要する。この未来館はクニマスを呼び戻すための一里塚として、地域住民の勇気を鼓舞する拠点になるだろう。筆者がクニマスの姿が見え始めたと快哉を叫んだゆえんである。

（2017・6・20）

パステルナークの墓

中国の民主活動家、劉暁波《りゅうぎょうは》氏の死は、遺族に海への散骨を強いるなど、死後の影響力拡大阻止を狙った当局の思惑とは裏腹に、世界を席巻する大ニュースとなった。この騒ぎの背景には、およそ四半世紀に及ぶ中国の民主化闘争の歴史がある。

1989年4月15日、当時の改革派指導者の代表的存在だった胡耀邦・中国共産党元総書記が死去した。彼の死に危機感を抱いた学生など若者を中心とする市民が、北京の天安門広場に集結、改革政策の継続を求めた。

それが大規模な民主化運動に拡大、6月3日から4日かけての騒乱事件につながった。当局は軍を投入して運動の鎮圧をはかり、当局発表で319人の死者が出た。後に「血の日曜日」と呼ばれる天安門事件の勃発である。

劉氏は、この事件に至る民主化運動で指導的な役割を果たした1人だった。弾圧を避けて民主化運動のリーダーたちが国外に脱出する中で、劉氏は中国国内にとどまって共産党一党支配に反対する「〇八憲章」の起草に関わり、2010年2月に国家政権転覆扇動罪で懲役11年の実刑判決が確定、服役した。彼の不屈の闘争に対し、国際社会はノーベル平和賞を贈るなどして後押しした。

こうした流れの果ての獄中死である。前述のように当局は、劉氏の遺族に対し、すみやかな火葬と遺灰を海にまくよう要求した。墓地や墓碑などが民主化運動の聖地となることを、阻止する狙いがあったとみられている。

一連の報道に接し、筆者はある種のデジャビュ（既視感）にとらわれた。

天安門事件が発生した1989年夏、筆者は最後のソ連共産党書記長となった、ゴルバチョフ施政下の首都モスクワにいた。

当時折に触れて行っていたテレビのリポーターとしてである。ゴルバチョフ氏が掲げたペレストロイカ（改革）とグラスノスチ（情報公開）で、ソ連社会がどう変わりつつあるかをリポートするのが、筆者の任務だった。

一通り役割を果たした後、自ら願い出て、前々からの希望だった、ロシアおよびソ連の芸術家たちの墓を見て回った。チャイコフスキーやトルストイなど、ロシア芸術の巨星たちの墓を巡った後、ふと思いついて、ボリス・パステルナークの墓を所望した。

現地ガイドの反応が興味深かった。複雑な表情で「パステルナークですか」と言った後、ようやく普及し始めていた携帯電話で複数の相手と会話した。そして「どうにか許可が出ました」と言って、モスクワ郊外の墓地に案内してくれたのだった。

　周知のようにパステルナークはソ連を代表する詩人の1人で、ノーベル文学賞を受賞するきっかけとなった小説「ドクトル・ジバゴ」の作者としても知られている。「ドクトル・ジバゴ」は、映画界の巨匠デビッド・リーンの手で同名の映画になり、世界的な大ヒット作となった。

　にもかかわらず、案内された森の中の墓地の片隅にあったパステルナークの墓は、ぼうぼうたる雑草の中に埋まる、小さな石にすぎなかった。

「当初はもっとましな石碑だったんです。それがいつのまにか撤去され、今はこのありさまです」

　自らもパステルナークのファンだと称していたガイドの悔しそうな顔を、今でも思い出すことができる。

　1958年にノーベル文学賞の受賞が決まった時、パステルナークは時のソビエト政権の意向で出国を禁じられた上、受賞辞退に追い込まれた。ロシア革命前後の激動の時代を描いた「ドクトル・ジバゴ」の内容が、当局から「反革命的」と批判されためだ。その2年後に肺がんを患い、失意のうちにこの世を去った。

ノーベル賞を受賞したものの当局の圧力で自らの手では受賞できず、その後がんで死去―。このたびの劉暁波氏の死に至る流れと、あまりにも似通っている。当時のソ連と現在の中華人民共和国は、共に共産党独裁政権で、大国を自称している点も似通っている。

中国には、かつてのソ連と同じ道を歩まぬよう、人権問題を改善するよう切に望む。


（2017・7・20）

古関裕而を知っていますか

いまや夏の風物詩となった、甲子園を舞台とする全国高校野球選手権大会が佳境に入った。秋田県代表の明桜高校もよく頑張り、筆者のような県外在住者にも暑さを忘れる夢と楽しみをもたらしてくれた。

そしてこの時期、甲子園からの実況を視聴する日本各地の人々が、必ずと言っていいほど耳にする曲がある。

「ああ栄冠は君に輝く」というフレーズで締めくくる夏の甲子園の大会歌『栄冠は君に輝く』である。高校生当時から毎年耳にしてきたので、音楽に疎い筆者にとってもなじみ深い曲である。

とはいえ甲子園大会に関しては筆者もテレビ観戦者の一人にすぎず、この歌詞と曲についても在学した高校や大学の校歌、あるいは応援歌と同じ程度の関心事でしかなかった。それがこの夏突然、そうだったのか、これはすごいと思うようになった。

2週間ほど前、久しぶりに都心の盛り場に出て、長年お世話になっている店に顔を出した。たまにしか行かないので、ホステスさんの大半が初対面だった。折しも日本各地で甲子園を目指す予選の終盤で、酒席の話題も高校野球関連で盛り上がった。

席に着いたホステスさんの一人が音楽を専門とする大学、いわゆる音大の出身（近頃酒場で働く女性で、有名大学在学中ないし卒業生は珍しくない）で、彼女が『栄冠は君に輝く』を絶賛した。

「加賀大介さんの歌詞も素晴らしいけど、古関裕而先生が作曲したあの曲は、野球大会の歌という範疇《はんちゅう》をはるかに超えた、素晴らしい曲だと思う」。そう力説する彼女の顔を見ながら、筆者はふと思った。どこかで聞いたことのある名前だ、と。そして、答えがすぐに出た。

「今おっしゃったコセキユウジ先生だけど、もしかして、昭和20年代から40年代にかけて、流行歌の世界を席巻した、あの古関裕而さん？」「あら、さすがに年の功ね。その通りよ」。年の功と言われて少し腹が立ったので、言い返した。

「これでも物書きになる前は、日本を代表する芸能週刊誌のデスクだったからね」。そう前置きして、福島市出身の作曲家古関裕而に関する知識を総動員し、彼の手になるヒット曲を並べ立てた。

「昭和22年、川田正子が歌って大ヒットした『とんがり帽子』、翌23年の『フランチェスカの鐘』、24年の『長崎の鐘』『イヨマンテの夜』、26年の『ニコライの鐘』、29年の『高原列車は行く』。みんな当時を代表する大ヒット曲だよ」

そして、「これはうろ覚えだが、1964（昭和39）年の東京オリンピック大会歌も、古関裕而さんの作曲だったと思う」と付け加えた。

音大出のホステスさんはもちろん、途中から参加した店のママからも「驚いた。さすが〇〇賞作家！」などとおだて上げられ、以後しばらく、これらヒットソングの話題で盛り上がった。

そして話が当初の『栄冠は君に輝く』に戻り、少し話したところで、音大出のホステスさんが突然、口元を押さえて立ち上がり、席を離れた。

ママがぼそりとつぶやいた。「かわいそうに」。彼女は九州の某県出身で、働いて学費を工面していた高校野球部員の弟が、昨年県代表で甲子園行きが決まった直後に事故死していた。弟を応援していたので高校野球については詳しく、この時期には客相手にその話題にも乗るが、時に途中で涙ぐんで席を外すことがある、という。

なるほどと納得しつつ、筆者は勝者にも敗者にも等しく与えられる栄冠を、類いまれな明るさと迫力、その裏に潜むはかなさまでをも含めて歌い上げた、『栄冠は君に輝く』の素晴らしさと、作曲した古関裕而のすごさを改めてかみしめていた。
（２０１７・８・16）

ネット炎上と言論の自由

先日久方ぶりに、芸能週刊誌のデスク当時、ある歌手のマネジャーをしていた古い友人と飲んだ。互いに頭《かしら》に霜を頂く者同士の常で、昔話に花を咲かせて楽しんだ。

筆者が「あの頃の君には参ったぜ。自分から売り込んでおきながら、その子に関する記事が掲載されると、かならずと言っていいほど怒鳴り込んで来た。あれには往生したよ」と切り出した。

相手はにたりと笑って「こっちはそれが仕事だからな。この子はいい歌手になるから支えてくれと、腰を低くして頼んだのに、出てきた記事はスキャンダルまがい。一言言いたくなるのは当然だろう」。それに対し、「そのネタをくれて、これをたたき台にしてかわいそうなこの子に、読者の同情が集まるような記事にしてくれと言ったのは誰だ」とやり返す筆者。

そんなたわいないやりとりの最中、彼が突然、こう言った。「それにしても、昨今の芸能人は大変だな。当時はおたくらに何を書かれても、週が変わると感謝もけんかもそれで終わり。今はネット上でどこの馬の骨とも分からぬやつに、不倫だなんだと罵詈《ばり》雑言を浴びせられ、時にそれが炎上と称する民意になってしまう」

それまで当時の二人がいかに悪辣《あくらつ》な存在だったかを連呼しあっていたのに、この一言で筆者が白旗を掲げた。

確かに昨今のネット上での炎上と称する現象には、問題が多々あると思う。それが権力の横暴などに向けられた批判ならいざ知らず、特定の個人のプライベートな部分に関わる問題で炎上するのは、言論の自由、表現の自由の理念すらを危うくしかねない。

例えば前出の不倫である。この1、2カ月ほどの間に週刊誌の特ダネとして口火が切られた芸能人の不倫の幾つかが、ネット上で炎上している。その実態は目に余るもので、あたかも対象となった芸能人の抹殺を目的としているかのような、すさまじい罵詈雑言ぶりである。

もちろん、不倫自体は褒められることではない。その影響は関係者の家族にも及ぶことが多く、とりわけ配偶者や子供に影響を及ぼすような不倫は、糾弾されても仕方のないことだと思う。しかしそれでもなお、不倫は基本的に当事者間のプライベートな問題で、道義上の問題はあるにせよ、他人がとやかく言う筋合いのものではないはずだ。

人気稼業である芸能人も例外ではない。夢を裏切られたというファン心理は、かつて芸能界の一角にいた者として理解するが、抹殺までも意図したような糾弾は行き過ぎだろう。

思うに過去の日本人は、この手の問題についていい意味でも悪い意味でもおうようだった。政治家の不倫を例に取るなら、今太閤と呼ばれた田中角栄元首相は、本妻のほかに芸者出身の女性や、後援会「越山会」の女王と呼ばれた秘書との間に子をなした。なのに当時のメディアはほとんど問題視することなく、田中氏本人も堂々としていた。

海外に至ってはさらにおおらかで、悲劇の最期を遂げた米国のケネディ大統領の、あのマリリン・モンローとの不倫は、今日に至るまで伝説になっている。

誤解のないように繰り返すが、筆者は不倫行為そのものに賛同しているわけではない。しかし、人間の所作としての不倫は時に仕方のない場合もある、ということだ。

一人の物書きという立場から言わせてもらえば、世に不倫がなかったら、源氏物語のような優れた文学作品は生まれなかった。筆者が親しくさせていただいた故渡辺淳一さんのような官能小説家も出現しなかったはずだ。

拙文の本旨は、ネット社会における炎上の問題点である。不特定多数の人々が、自らを匿名という安全地帯に置いて罵詈雑言を吐き散らし、時に他人を傷つけ、場合によっては民意を左右するようなこともある。今われわれが享受している言論の自由、表現の自由が、このような世情に狭められるような事態が起きないよう、願うだけである。

（2017・9・22）

衆院選は野党の作戦負け

10月23日未明。台風21号が頭上を通過中で、轟々《ごうごう》と吹きすさぶ風雨の音を聞きながら本稿を書いている。

午前5時、ふと気がつくと窓の外が明るくなっていた。雨水を吸って重くなった複数の全国紙を開くと、紙面の大半が、前日の衆院選関連の記事で埋まっている。いずれもメディアの事前の予想通り、与党の圧勝を報じている。与党の勝因についての分析で最も多かったのが野党の分裂だった。読んでいて大きな違和感を持った。表面的にはそうだったかもしれないが、根底は野党の作戦負けだ、と。

国民の多くをあぜんとさせた、今回の解散総選挙。解散せねばならぬ重大な要因などどこにもなかったのに、安倍晋三首相があえて解散に踏み切った理由は何か。

森友学園・加計《かけ》学園問題を巡る、首相個人に対する国民の不信感を吹き飛ばす。それしかない。

もちろん野党側は、これを攻撃材料にした。しかしそれは、あまりにも矮小《わいしょう》すぎる事案だった。この段階で野党は、すでに首相が仕掛けたワナにはまったといえる。

選挙戦を通じて、安倍首相が頻繁に口にしたせりふの一つに、「国民を守る」があった。例えば「経済成長を確実なものにするため、アベノミクスをさらに進展させて、国民を守る」。あるいは「少子高齢化対策に万全を期して国民を守る」。

こうした趣旨の市民生活に密着した対策の中に、首相は北朝鮮の核開発・ミサイル問題を紛れ込ませた。これまでの対北朝鮮対話は、結果的に北朝鮮側の核開発、ミサイル開発の時間稼ぎに貢献しただけだった、と。

北朝鮮の核開発・ミサイル問題は、森友学園・加計学園問題とは比較しようもない、国民が不安を抱く重大な外交あるいは国の安全保障に直結する事案である。

それを同じ土俵に上らせて、野党の批判に対応した。戦後長い間、直接戦争の危険を身近に感じたことのない一般市民には、強烈すぎるインパクトだったと思う。

北朝鮮の核・ミサイル開発の歴史はけっこう古い。1994年6月、米国のカーター元大統領が、当時のクリントン大統領の特使として朝鮮戦争以降接触のなかった北朝鮮を訪問し、金日成《キムイルソン》主席と会見した。

この時すでに米国側は、ソ連崩壊直後にロシアの核・ミサイル技術者が北朝鮮入りしたことを察知していて、金日成―カーター会談で、核・ミサイル開発を阻止する狙いがあった。しかしカーター氏の帰国直後の7月8日、金主席が急死し、全てがうやむやになった。

カーター氏は2010年、11年にも北朝鮮を訪問している。しかし、悪化していた米朝の関係改善の糸口もつかめなかった。

こうした歴史の裏面での米朝の駆け引きは、結果的に北朝鮮に核・ミサイル開発の時間稼ぎをさせただけだった、という批判が根強くある。近年、これがミサイル発射や核実験という形で表面に出てきた。

北朝鮮の相次ぐ核実験とミサイル発射が、日本の一般社会にも大きな影響を及ぼし、太平洋戦争終結後初めて、戦争を身近なものと感ずる雰囲気を醸成している。

安倍首相はこの状況を最大限活用して、一方的ともいえる勝利につなげたというのが今衆院選の本流ではなかろうか。筆者はこの状況を選挙戦にからめた首相側近の戦略家に、いい意味でも悪い意味でも脱帽する。

などと物騒な原稿を書きながら、今筆者が心底楽しみにしているイベントがある。今月の29日午後3時から、仙北市の田沢湖湖岸に立つクニマス未来館で、日本ペンクラブ環境委員会と仙北市が協力して開催する「クニマスにかける夢」という平和的な催しだ。

世界で唯一、田沢湖に生存していた固有種のクニマスをテーマに、田沢湖の再生を論じ合うイベントである。心の洗濯をさせてもらおうと思っている。

（２０１７・10・25）

韓国００７の不可解な出来事

諜報《ちょうほう》機関というと、筆者のような市井の片隅で生きる凡人にとっては、かのショーン・コネリーが演じたダブルオーセブン（００７）に代表される、謎めいた者たちの組織というイメージが強い。実際、情報公開が社会の基本のようになっている米国や日本でも、諜報機関の予算などはいまだ不透明で、それらしいたたずまいが残っている。

そんな現状のもとで、さる14日、韓国でかつてＫＣＩＡと呼ばれた諜報機関・国家情報院がらみの奇妙な事件が起きた。

朴槿恵《パククネ》政権当時、日本駐在大使を務め、帰国後は国情院院長に就任した李丙琪《イビョンギ》氏が、大統領府に裏金を上納した疑いで検察に身柄を拘束された。前後して李氏の前任者だった南在俊《ナムジェジュン》、後任の李炳浩《イビョンホ》両氏にも、検察が逮捕状を請求した。罪状も同じく大統領府への裏金上納だ。

裏金の実態について国情院は、北朝鮮情報の収集等に必要な「特殊工作事業費」から毎月1億ウォン（約1千万円）、これまでの総額は40億ウォン余りと説明している。

不可思議なのは、大統領直轄の諜報機関国情院が、そんな大金をなぜ、同じ大統領直轄の組織である大統領府に、裏金として渡したのか、という点である。

単純な見方をすれば、大統領府には表沙汰になっていない諜報部門が存在し、その活動資金を国情院予算の一部で賄っている、ということだろう。今回の報道の中には、それをほのめかすような記述もある。

この見方は、国情院のような規模の大きい組織には、北朝鮮側のスパイが潜入している可能性があり、機密度の高い情報の取り扱いについては、国情院に任せておけないという判断があることを前提にしている。

謎はまだある。時あたかも北朝鮮が核実験やミサイル開発という、危険な挑発行動を繰り返している時期である。そんな状況のもとで検察がどうして、身内のような国情院院長の身柄拘束、あるいは逮捕状請求という挙に出たのか。

加えて逮捕者が、朴政権時代の国情院長に集中しているのはなぜか。

こうした疑問に対応するかのように、この事件の関連で、検察が朴被告の側近だった高官2名を、収賄や国庫に損害を与えた疑いで逮捕した、という報道があった。

それが事実ならば、国情院院長の逮捕も、単純な贈賄事件ということになり、大統領府には国情院とは別の諜報部門があり、裏金はその活動資金だったという見方は、憶測以前の話になってしまう。

同時にまた、次なる疑問も湧いてくる。

ならば国情院院長を務めた3人は、なにを目的に大統領府の高官に贈賄をしたのか。特定の人物による贈賄ならまだしも、同じ政権下の国情院院長がそろって、同じ大統領直轄の大統領府高官に贈賄したのはなぜか。

国情院そのものに組織ぐるみの弱みがあって、裏金はそれに対処するための贈賄か。などと韓国国情院事件を考察していたら、ただでさえ出来の悪い頭脳が、謎解きの悪循環に陥ってしまった。

古い話になるが、かれこれ70年余り前、中国では似たような状況のもと、さらに激烈な形で決着を付けていた。

太平洋戦争終了から約半年後。当時の中華民国には、このたびの騒ぎの当事者、国情院に相当する軍事委員会調査統計局、略称軍統という諜報機関があった。

１９４６年３月17日、当時の軍統局長戴笠少将が、南京近郷を飛行中に事故死した。当局は悪天候による墜落事故と発表したが、当時発足したばかりの米国諜報機関ＣＩＡの記録によれば、時限爆弾を仕掛けられての暗殺になっている。

共産党との合作か、闘争かを巡り、政権内部での対立が続く中での出来事だった。物書きとしてはこの方がネタにしやすいが、争いの当事者にとっては現在の韓国国情院型の方がいいに決まっている。

（２０１７・11・27）

覇権国家不在の気配

あっという間に今年も年の瀬を迎えた。そしてこの年は、歴史の転換期に遭遇したと実感できた一年でもあった。

そう感じさせてくれた出来事の一つが、米国の新大統領就任である。当初泡沫《ほうまつ》候補に近かった共和党のドナルド・トランプ氏が、選挙戦末期の猛烈な追い上げで、本命視されていた民主党のクリントン候補を破って、第45代米国大統領の座に就いた。

この結果に仰天したのは、筆者のような浅学の徒ばかりではなかったらしい。さる3月22日付の本欄で紹介したように、伝統的に共和党の牙城であるアラスカ州在住の友人ジャーナリストも、「トランプは政治に関してはまったくの素人で、日々の言動は、黒幕的側近のオルタナティブ・ファーライト、スティーブ・バノン氏の言葉を、そのまま口にしているだけだ」と、一言の下に切り捨てた。ちなみにオルタナティブ・ファーライトは、右翼過激派というような意味である。

そんな世論への対応かどうかは不明だが、さる8月、かのスティーブ・バノン氏が、首席戦略官を解任された。

にもかかわらずトランプ大統領は、世界の覇権国家たる米国の指導者らしからぬ、奔放な言動を繰り返している。大統領選を巡るロシアゲート絡みの疑惑もいっそう深まり、いまや弾劾裁判の可能性すら報じられている。

はた目には面白いだけの言動だが、事態を冷静に見つめると、このままではヤバイのではないかという思いが湧いてくる。

過去100年間に限定して世界の歴史を見ても、覇権国家の揺らぎは大きな戦争につながる。その好例が、18世紀後半から20世紀半ばにかけておよそ150年余り、世界の覇権を握っていた大英帝国である。

産業革命で世界の経済覇権を握り、獲得した富で軍事力を育み、最盛期には支配地域が世界の約4分の1を占める覇権国家となった。その覇権が揺らいだのは、支配地域における独立闘争と、19世紀から20世紀初頭にかけての、帝政ドイツなどとの敵対による消耗である。

これに決着をつけたのが、1914年7月から18年11月までの、足かけ5年に及んだ第1次世界大戦だった。

狡知《こうち》にたけた英国は、日清戦争で勝利した極東の新興国日本と同盟を結び、英国に代わって経済覇権を握りつつあった米国、3国協商関係にあったフランス共和国やロシア帝国をはじめとする多数の国々を抱き込んで連合国を形成、史上初の世界大戦に勝利した。

しかしながらこの勝利は、新たな覇権争いの始まりにすぎなかった。

連合国の一員として戦勝国となった大日本帝国は、その後満州事変などで極東における覇権拡大を目指した。敗戦で共和国となったドイツでは、急速に台頭したナチス政権が、大日本帝国やイタリア共和国と結託して、新たな世界秩序形成を目指そうとした。

これが第2次世界大戦の火種となった。

結果は周知の通りである。またもや米英主体の連合国側の勝利となり、ロシア革命で世界初の社会主義大国となったソビエト連邦が、米国と東西冷戦を展開する、2極覇権状態につながった。

この流れにとどめを刺したのが前世紀末のソ連崩壊と東西冷戦の終結だ。以来30年弱、米国の1極覇権状態が続いてきた。

それに終止符を打ちそうなのが、トランプ大統領の言動である。典型がさる6日の、イスラエルの首都はエルサレム発言だ。

覇権国家に不可欠なのが、大方の国々が納得する仲裁力だ。それにはある種の人徳ならぬ国家徳が必須である。軍事力や経済力だけでは、世界の覇権国家にはなれない。

一連のトランプ発言は、その意味で米国を覇権国家から脱落させようとしているかのようだ。この現状はとても危険で、一つ間違うと第3次世界大戦の誘発につながりかねないと、筆者は危惧している。

（2017・12・22）

これでいいのか、日本

新年も既に3週間余り。遅まきながら新年をことほぐごあいさつを申し上げます。

筆者には妙な習慣があって、年末年始は、おそらく年間を通じて、最も真面目に仕事をする時期である。

かつて会社員だった当時は、人並みに仕事を休んでいた。今のような年末年始になったのは、およそ30年前、物書きになってからである。クリスマス前後から多忙になり、正月明け辺りまでは、400字詰め原稿用紙換算で、毎日10枚から20枚、多いときは30枚前後の原稿を書く。

これは意図的なものではなく、そうせざるを得ない状況に、自らを追い込んでしまっているからだ。

物書きの主な仕事先である、文芸誌や小説雑誌の締め切りは、月初めから10日頃まで。だから真面目な書き手は、暮れの12月末までに入稿する。筆者のように横着な物書きは原因不明のまま遅くなり、正月明けに間に合うよう、文字通り暮れも正月もない状態になってしまうのだ。

今年の正月は例年以上にひどかった。単発の依頼原稿に加え、長編書き下ろしが、最終段階に差し掛かっていたからだ。

3・11大災害の直後、東南アジアのラオスの山奥で取材に着手、これまで書いた原稿は2千枚を超す。

この間取材を受けてくれた人々の証言や、米国公文書館で入手した文書との照らし合わせで、矛盾や間違い、構成に問題があり、捨てた原稿は1500枚余り。初稿として生き残っているのは400枚程度だ。

こういう修羅場に身を置いていると、どこかに助けを求めたくなる。すがる対象は、すでに世を去って久しい大先輩たちの優れた作品である。

助けと言っても、もちろん彼らの作品の一部をまねたり剽窃《ひょうせつ》したりすることではない。鳥肌が立つような見事な表現力、あるいはよくぞここまでと感じさせられる強靱《きょうじん》な取材力など、執筆するにあたっての気概にすがりたいということだ。

今回助けを求めた大先輩は、日本では川端康成と佐木隆三、海外ではヘミングウェー。川端康成の見事な表現力は、語彙《ごい》の選択に行き詰まった時など、疲れ切った脳みそを刺激してくれる。佐木隆三についてはもっと身近な存在で、生前の彼の笑顔を思い出すだけでも力が湧いてくる。

日本におけるノンフィクションノベルの先駆けだった佐木隆三は、デビューしたての筆者が同じステージを目指していると知って、わざわざ九州の自宅から電話をかけてきて、「俺一人で頑張らねばならないと思っていたところに、よくぞ出てきてくれた」と、心底喜んでくれた。

川端康成という日本を代表する大作家に会ったのは、彼がノーベル文学賞を受賞して約2年後の、1970年新春。当時川端が仕事場にしていた三浦半島のヨットハーバー、逗子マリーナの一室で、緊張のあまり手元を震わせながら質問する筆者に、大作家はとても気安く接してくださった。

筆者が勝手に私淑している残りの一人、アーネスト・ヘミングウェーは、もちろん会ったことなどない。執筆に行き詰まった時、30年前に入手した遺稿とされる大作「海流の中の島々」の、傷だらけの表紙をなですって、底知れぬパワーを頂くだけだ。

などと、自らの勝手な思いをつづって徹夜状態になった朝。新聞受けの朝刊を手にして、そんな脳天気が吹き飛んだ。全国紙1面に、中近東におけるすさまじい戦いの跡を訪れた、ルポルタージュが掲載されていたからだ。

中近東における戦争は、既に10年以上続いている。しかも単なる局地戦ではなく、米国やロシアなどの大国が介在する、世界大戦のミニチュア版になっている。

それに引き換え、自分を含む日本の静穏ぶりはなにか。徹夜明けの目をこすりながら、日本よ、これでいいのかと思ってしまった。

（2018・1・24）

（本書は２０１１年３月から２０１８年１月まで秋田魁新報に掲載された社会時評「複眼流」を収録しています。本文それぞれの末尾にあるカッコ内の数字は掲載日です）

【表紙カバー】
清水　香織（しみず　かおり）

グラフィックデザイナー。秋田市生まれ。秋田公立美術工芸短期大学（現秋田公立美術大学）でグラフィックデザインを学び、卒業後は数社でデザイナーとして経験を積む。2014 年から秋田市内のデザイン会社「株式会社プリッツプロモーション」にデザイナーとして勤務。

社会時評集　複眼流

著　　者　西木　正明
発 行 日　2018年6月26日
発　　行　株式会社秋田魁新報社
〒010-8601　秋田市山王臨海町1－1
Tel.018(888)1859
Fax.018(863)5353
定　　価　本体800円＋税
印刷・製本　秋田協同印刷株式会社

乱丁、落丁はお取り替えします。
ISBN 978-4-87020-400-3　c0195　￥800E